Tales of Cthulhu Mythos

新編

真ク・リトル・リトル神話大系

7

R・キャンベル 編
T・E・D・クライン 他

国書刊行会

目次

新編　真ク・リトル・リトル神話大系　7

角笛をもつ影

T・E・D・クライン

Black Man with a Horn
Theodore "Eibon" Donald Klein

あの黒人——〔消印のため判読不能〕は魅惑的だった。ぜひスナップ写真を撮っておかないと。

——H・P・ラヴクラフト、一九三四年七月二十三日付
E・ホフマン・プライス宛の葉書

過去形で語られる一人称の物語には、本来どこか人をほっとさせるところがあるものだ。それが喚び覚ますのは、何の不安もなく書斎に安んじて、机を前にパイプをふかしつつ静かにもの思いにふける語り手の姿、語られようとする物語がどのような内容のものであろうと、それは回想の色合いに影を落としこそすれ、実質的に語り手の現在を脅かすものではすでにない。時制そのものが、そのことを物語る。「いま、わたしは、こうしてお話しすることができる。なんとか切り抜けられたからだ」と。

わたし自身の場合も、いまの説明がぴたりとあてはまる——身のまわりの様子に関するかぎりでは。確かにわたしは書斎とも呼べそうな部屋で腰をおろしている。本当はただの小部屋だが、片側の壁には本棚が並んでいる。その上にはマンハッタンを描いた風景画、何年も前に妹が記憶を頼りに描いたものだ。机は折りたたみ式のブリッジ・テーブルで、これももとは妹のものだった。わたしの前には電動タイプライターがあり、支えがちょっと不安定だが、モーターの回転音が心地よい。わたしの後ろの窓から聞こえてくる聞き慣れた鈍い音は、古い冷房装置が熱帯の夜に負けてはならじと、健気《けなげ》にも孤軍奮闘している証しである。窓の外の暗闇からかすかに聞こえる夜の物音も、やはり心を落ち着かせてくれているにはちがいない。椰子の葉に鳴る風の音、何を考えるでもない蟋蟀《こおろぎ》の声、隣家のテレビのこもった音、時おり通りかかる車が幹線道路のほうに向かい、ギアを入れ替えてこの家の前を走り過ぎる音……。

本当のところ家と呼ぶのもおこがましいほどのもの、漆喰《しっくい》仕上げの緑色をした平屋のバンガローが、幹線から数百ヤードのところに九軒並んだうちの三軒目。目印になる特徴といってもせいぜいが前庭の、妹が前の家からこちらへ移した日時計くらい、それとぎざぎざになった小さな杭垣。これは隣から文句を言われるのも構わずに妹が立てたものだが、いまはずいぶん雑草がからみついてしまっている。

お世辞にもロマンティックな場面設定とは言えないのだが、普通ならば過去形での回想に浸る背景として、むしろ、しっくりくるかもしれない。「わたしはまだこうして生きている」と、声の調子を整えて語りかける（小道具として欠かせないパイプだって、さっきからラタキアを詰めてくわえている）。そうしてさらに、こう続ける。「もうすっかり終わった。わたしはどうにか切り抜けたのだ」

危険が去ったことを前提に語れるのなら、これほど気楽なことはないだろう。ただ、わたしの場合にはあてはまりそうもない。わたしの体験が本当に「すっかり終わった」かどうかなど、誰にも断言できはしないのだ。もしわたしの懸念どおり、物語の最終章がこれからだとすれば、「うまく切り抜けた」などとうぬぼれるのは、哀れな思い込みとしか見えないであろう。

とはいえ、自分自身の死を想ってみても、わたしはさして恐ろしくてたまらないわけではない。ときどきこの小さな部屋が、あまりにも退屈になってしまう。安物の柳細工の家具に、時代遅れの退屈な書物に、外から押し入ってこようとする夜の闇に飽き飽きしてしまう……。そして前庭のあの日時計も、そこに書いてある莫迦《ばか》げた言葉にも。〈われとともに齢重《よわい》ぬべし……〉。

いかにもわたしは時の流れとともに齢を重ねてきた。もとよりこの人生は、とるに足らぬものだったとも思える。ならばその終末も、やはりどうでもいいにはちがいないのだ。

ああハワード、貴方はきっとわかっていたのだろう。

あれだよ、あれ。旅ならではの経験ってやつは！

――ラヴクラフト、一九三〇年三月十二日付

こうしてしたためているあいだにも、この物語が結末を迎えるとすれば、まちがいなくそれは不幸なかたちでやってくることだろう。だが、事件の発端はそういう類のものではまったくなく、かなり滑稽《こっけい》と言ったほうが適当なくらいで――実際、尻もちをつきかけるわ、ズボンの折り返しはびしょ濡れになるわ、吐瀉物《としゃぶつ》の袋が落ちてくるわ、の盛りだくさん。

「とことんキバってこらえようとはしたんですよ」と右隣の老婦人が弁解がましく言っていた。「こう言っちゃなんだけど、あんまり怖かったもんですからね。肘掛《ひじか》けにしがみついて、歯の根ッコまで噛《か》みつぶすほどなのよ。そしたらあなた、機長さんからランキリュウだかのアナウンスがあったと思うと、すぐにそのあと後ろのほうがもちあがって、また落ちる、フワリ、ストン、フワリ、ストン、だもの」総入れ歯をむき出し、わたしの手首を叩きながら、「――こう言っちゃなんだけど、ほかにどうしようもなかったんですよ、ゲロ吐いちまうほかはね」

このばあさん、いったいどこでこんな言葉を覚え込んできたものやら。それを今度はわたしに押しつけようというのだろうか？　ねっとりした手が、こちらの手首を押さえつけていた。「でも、スーツのクリーニング代は払わせてもらいますよ」

「なに、かまやしませんよ。その前から汚れていたんですから」

「なんてステキな男性《ひと》でしょ！」やはりわたしの手首を摑《つか》んだまま、そのばあさんは恥ずかしそうな上目づかいでこっちを見た。白眼の部分は古いピアノの鍵盤の色になって久しいようだったが、まあ魅力的な瞳と言えないこともない。しかし息のにおいには閉口した。ペーパーバックをポケットにすべり込ませながら、チャイムでスチュワーデスを呼んだ。

その数時間前にも、もうひとつ別口の災難に遭っていた。ヒースロー空港で、現地のラグビー部らしい団体（全員骨ボタンの付いたネイビー・ブルーのブレザーで統一している）に囲まれて機内に乗り込んだとき、後ろから誰かに押されて、中国人の乗客が昼食入れにしていた黒いボール紙の帽子ケースに蹴躓《けつまず》いてしまったのだ。その紙箱はファースト・クラスの座席に近い通路にはみ出ていたのである。中に入っていた何か――家鴨《あひる》料理のソースかスープらしきもの――がわたしの踵《かかと》のあたりにはねかかり、床にねばねばした黄色い汁がたまった。振り返ると、長身で逞《たくま》しい白人の男の姿がどうにか捉えられた。「エア・マレー」のバッグをもち、髭《ひげ》を伸ばしている。その髭があまり黒くて濃いので、なんだか無声映画の敵役みたいだった。役柄が役柄だけに礼儀など心得ぬらしく、わたしを肩で（スーツケースほども幅のある肩で）押しのけたなり、通路にひしめく乗客をかき分けていった。その頭がまるで風船のように天井に近いあたりを漂っていったが、客室の後ろのほうでふいに見えなくなった。男の通ったあとには糖蜜《とうみつ》の匂いがし、たちまち少年時代の記憶が蘇《よみがえ》った。誕生パーティーでかぶる帽子や、「カラード・アンド・バウザー」の贈り物の包み、ディナーのあとでやってくる腹痛のことなど。

「なんとお詫《わ》びしてよいものやら」中国人探偵、チャーリー・チャンをちょっと脹らませたような小男が、あっという間に遠ざかってゆく男を恐ろしそうに見ながら言い、それから身体をふたつに折り曲げると、料理を包みのリボンで座席の下にかき寄せはじめた。

「気にしないで」とわたしは言った。

その日は誰に対してでも優しい気持ちになれた。わたしには空の旅がまだもの珍しかったから。もちろんわが友ハワードなら（その週の講演でも紹介したとおり）「飛行機が事業として一般に使用されるようになるのを見たいとは思わない。ただでさえ気ぜわしくなりすぎた生活のスピードを、またむやみに加速するばかりじゃないか」というのが口ぐせだった。飛行機など「お上品な連中の気晴らしの道具」としか思っていなかった彼だが、二〇年代に一度だけ機上の人となったことがあった。ただし、たった三ドル五十セントで済むほどの短い飛行だったのだが。小気味よいエンジン音や、高度三万フィートで食事する、ぞくぞくするような愉悦や、地球はやはり丸かったと、窓から自分の眼で確かめる機会を得た歓びなど、ハワードはどれだけ想像しえただろう？　どれひとつとして味わうことなく、彼は世を去った。惜しいことをしたものだと思う。

ところが、死してもなお、ハワードはわたしを打ち負かしたのだった……。

スチュワーデスの助けを借りて立ちあがりながら、そんなことをぼんやりと考えていた。こっちの膝《ひざ》のあたりの惨状を、彼女はその職務上気づかってくれてはいたが、本当のところは多分、わたしが立ったあとに待ちうけている、座席の後始末のことを考えていたのだろう。「なんでこんなに滑りやすい袋を作るんだかね？」隣席のばあさんが悲しそうに訊《き》いた。「こちらの紳士のスーツが台無しだよ。きちんとお世話してあげておくれよね」機が降下し、またもとに戻った。ばあさんは黄ばんだ目をぐるりと廻して言った。「またもどしちまいそうだよ」

スチュワーデスに案内されて、機内中央部にある化粧室に向かって通路を進んだ。左側にいた蒼白い若い女が鼻に皺《しわ》を寄せ、隣の席の男に笑ってみせた。わたしは苦虫を嚙みつぶした顔で、ばつの悪さを隠そうとした――『こんな目に遭ったのはわしのせいじゃないぞ！』――が、あまりうまくいったとも思えない。スチュワーデスに手をとってもらうのは、べつにそんな必要もないが心地よかった。一歩進むたびにわたしは寄りかかる度合いを強めていった。前から思っていたことだが、これはそのうちの貴重なひとつだった。スチュワーデスにちょっかいを出してみたくて欲求不満に陥ることはもうないかわり、腕に寄りかかることを覚えたというわけだ。わたしは何か冗談のひとつも言ってやろうかと目をやったが、やめることにした。スチュワーデスは何の表情も浮かべておらず、顔が時計の文字盤に見えたくらいだったからだ。

「外でお待ちしてますので」と、スチュワーデスは言い、滑らかな白いドアを引き開けた。

「それには及びませんがね」わたしは身体をしゃんと伸ばしてみせた。「ただ――できたら別の席を見つけてもらえませんか？　いえ、何もあのご婦人に文句があるわけじゃありませんよ。でも、あの婦人《ひと》の昼食の中身をこれ以上見せられたくありませんからね」

化粧室の中では、エンジンの唸《うな》りがいっそう大きく聞こえ、わたしと外のジェット気流や北極の風とを隔てるものは、ピンク色のプラスチックの壁一枚ではないかとさえ思われた。そして外の気流にはところどころ乱れがあるらしく、そこを突き抜けるたびに機体がごとごと音を立てながらもちあがり、ちょうどでこぼこの氷の上を橇《そり》で駆け抜けるのに似ていた。便所へのドアを開ければ、何マイルも下に地球が――灰色に凍りついた大西洋に氷山が牙をむいているのが見えるのではないかという気さえした。イギリスはすでにもう、千マイルも彼方《かなた》に去っていた。

片手でドアの把《と》っ手《て》をつかんで身体を支えながら、香水入りのペーパータオルをホルダーから抜いてズボンを拭《ぬぐ》い、さらに何枚かをポケットに詰め込んだ。ズボンの折り返しには、ねとねとした中華料理がまだ残っていた。これがどうやら、あの糖蜜の匂いのもとだったらしい。ペーパータオルで軽く叩いてみたが、うまく取れない。鏡で自分の姿を検分する――頭の禿《は》げた、人畜無害な老いぼれってところか。前かがみの肩、くたびれたスーツ（「HPLとその弟子」というキャプションのついた写真に写っている自信に満ちた若者と、とても同一人物とは思えない）――留め金をはずして化粧室を出ると、いろんな臭いが混じり合っていた。スチュワーデスが後部にひとつ、空いた座席を見つけてくれていた。

さて、腰をかけようとする段になってはじめて、わたしは隣の席にいるのが誰なのか気づいた。向こう側に身を傾け、頭を窓に凭《もた》せかけて眠っていたが、その髭には見覚えがあった。

「あの、ちょっと――」とスチュワーデスのほうを振り返ったが、制服の背中をこちらに向けて、通路を戻ってゆくところだった。どうしたものかとしばしためらったあと、わたしはできるだけ音をたてぬようにして、じわじわと座席に腰を沈めた。しかし考えてみれば、遠慮することなど何もなかったのである。

背凭れの位置を調節し（後ろの黒人の迷惑そうな様子）、背中を楽にしたわたしは、ポケットの中のペーパーバックを取り出した。ようやく版元もわたしの初期の作品を再版する気になったわけだが、すでにわたしは誤植を四つも発見していた。しかしまあ、完璧を期待するほうが無理なのだろう。粗雑な頭《ず》骸骨《がいこつ》の絵のついた表紙が、すべてを物語っていた。『鳥肌――ラヴクラフトの流れを汲《く》む宇宙的恐怖小説集十三篇』。

つまり、わたしはそれだけの評価しか得られなかったのだ。――一生書き続けてきても、コピーライターに〈その師にも肉迫する逸材〉あたりの文句で片づけられ、自分の頭でひねり出したものさえ単なる模倣と見なされてしまう。作品そのものも、かつてはあれほどの賞賛をほしいままにしたのに、いまはただ――それだけでも充分な誉め言葉だと言いたげに――ただひとこと「ラヴクラフト的」とのみ。ああ、ハワード、貴方の名が形容詞となったその瞬間、貴方の勝利は確定したわけだ。

むろんそんなことは何年も前からうすうす感じてはいた。しかし、先週の大会に出席してはじめて、わたしは事実というものをはっきり認めざるを得なくなった。つまり、いまの世代の関心はわたしの作品そのものにあるわけではなく、ラヴクラフトとの関連にこそ向けられているという事実だ。しかもそこにおいてすら対等ではない。何年にもわたって友情を培《つちか》い、協力すらも惜しまなかったつもりだが、こちらのほうが年下だったという理由だけで、ただの『弟子』と言われてしまう。冗談《ジョーク》にしてもあんまり酷《ひど》いではないか。

どんな冗談にだって聞かせどころというものがある。いまの冗談の場合では、まだポケットに入ったままの、黄色い紙にイタリック体で印刷して折りたたんだ大会の日程表がそれにあたる。もう一度取り出して見るまでもなく、いつまでたってもわたしのことをこう紹介してあるのだ。「ラヴクラフト・サークルの一員で、ニューヨークに住む教育家。珠玉の短篇集『暮地の彼方に』の作者」。

こういう次第だ。なんたる仕打ちだろう、誤植つきで不朽の名声を称えられるとは。貴方がいたらさぞ愉快がったろうね、ハワード。くすくす笑いが聞こえるようだ——むろん、暮地の彼方から……。

いつの間にか隣の席からは、喉《のど》をつまらせた耳障りな音が聞こえていた。どうやら夢でうなされているのにちがいない。わたしは本を置き、男を観察した。最初見たときよりも老けて見え——たぶん六十歳か、もっと上だろう。手はざらざらして、力がありそうだった。片方の手には、奇妙な銀の十字架のついた指輪をはめていた。顔の下半分を覆う黒光りする髭はあまりにも濃く、ほとんど地肌が見えないくらいだ。その黒さ自体がなんとも不自然だった。上のほうの髪には白いものが混じっていたのである。

髭と肌の境目を、わたしはもっと細かく観察した。毛の下に見えているあれは、ガーゼの端ではなかろうか？　心臓が少し、跳びあがりかけた。わたしはもっとよく見ようと身を乗り出して、男の鼻の脇をじっと見つめた。長く陽にあたって焼けているとしても、膚の色がどうもおかしい。色の変わった頰《ほお》にそって視線を上げてゆくと、そこに落ちくぼんだ目の深い翳《かげ》。

その目が開いた。

しばらくは事情が呑み込めぬまま、男は力無く血走った目で、わたしの目の中を見つめた。と思うと次の瞬間、その目は急に脹《ふく》れあがり、鉤にかかった魚のようにひくひくと震えた。唇が開き、小さな声が洩《も》れて出た。

「こんなところでか」

わたしたちは口をつぐんで、身動きひとつしなかった。わたしのほうは驚きと戸惑いのあまり、なんと答えたらいいかわからずにいた。男の頭の向こうに見える空は明るく澄んでいたが、機体が目に見えぬ突風に揉《も》まれ、翼の先を烈《はげ》しく震わせるのを感じた。

「やるんなら他所《よそ》にしてくれ」ようやく男は囁《ささや》くように言い、席で身を捩《ねじ》った。

気が変なのか？　狂暴性はないだろうか？　いつかそのうち、こんな見出しが輪転機から回りながら出てくるのが目に見えるようだ。「機内で凶行……被害者はニューヨーク市の元教員……」。当惑が顔に出たのか、男は唇をなめ、わたしの頭ごしに視線をはずした。安堵《あんど》の色が顔に浮かび、どう取り繕うか思い巡らしている様子。それからこちらを見て、にやっと笑った。「これはどうも、何でもないんです。ふうっ、どうやら悪い夢を見たらしい」飛び切りきつい競争を終えたあとの選手のように、男は重そうな頭を振った。ようやく周囲の状況が呑み込めたようだ。言葉をのばし気味にする話し方はテネシー訛《なま》りらしかった。

「やれやれ」と、男は高らかに笑ってみせた――つもりらしい。「これからは〝キカプ族のジュース〟を控えるとしようかな」

男が酒に酔っているとはまったく思えなかったけれど、わたしはお愛想に微笑んでみせた。「そういう言い方を聞いたのは何年ぶりですかな」

「ほう」男は気のない返事をした。「しばらく国を離れていたものだから」何が不安なのか、指でしきりに肘掛けを叩いている。

「マレー半島へ？」

男は身を起こした。顔の血の気が引いていた。「なんでわかった？」

わたしは男の足もとの緑の航空バッグを顎《あご》で指した。「乗り込んでこられたとき、これをおもちなのが見えたんですよ。あのときは、その――少しばかりお急ぎのようでしたな。ありていに言えば、おかげであやうくひっくり返りそうになったわけで」

「これはとんだ御無礼を」男の声は平静を取り戻し、目つきも自然で確かになっていた。

「ほんとに申し訳ない、謝りますよ。じつはちょっと誰かに追われているような気がしたものだから」

奇妙にもわたしは信じる気になった。男は誠実そうであった――少なくともつけ髭をつけた男としては申し分ないくらいに。「あなた、変装してるんでしょう?」とわたしは尋ねた。

「この髭のこと? いやちょっと、シンガポールで見つけたものだから。ちっ、どうせ長いあいだ人の目をごまかせやしないとは思ったが――少なくとも味方の目はね。でも敵に対しては、いくらかはね……」髭をはずそうというそぶりはちっともなかった。

「すると――あててみましょうか、あなたは――〝使命を帯びて〟いるわけですな?」対外工作、のつもりだった。実のところ、年を食ったスパイかと思ったのである。

「使命、を帯びて?」男はいわくありげにあたりを窺《うかが》い、声を落として言った。「ええ、まあそう言ってもいいでしょうな。あのかたの使命ですがね」男は天井を指した。

「と言うと――?」

男は頷《うなず》いて言った。「宣教師ですよ。きのうまではね」


宣教師などといういまいましい手合いは、家に閉じこめておくべきだと思う。

――ラヴクラフト、一九二五年九月二十五日自分の命運が尽きかけていると思って怯《おび》えている人間を見たことがおありだろうか？　わたしにはある。もうずっと以前、まだ二十代のはじめのころのことで、それ以後、そういう経験はなかったけれど。その年ひと夏、仕事もなく過ごしたあと、ようやく臨時の職を得たが、そのオフィスを開いている実業家というのがかなり怪しげな人物で、ケチな密輸人といったところ――それがなんでも〝組織〟の機嫌を損ねたとかで、クリスマスまで生かしておいてはもらえまいと思い込んでいた。が、それはまちがっていた。その年も、さらにそのあと何年も、その男は家族とともにクリスマスを楽しむことができ、けっきょく彼が自分の家の浴室で、六インチほど溜まった浴槽の水に顔をつけて死んでいるのが見つかったのはずっと後のことだった。男のことはあまり記憶もないが、ただ、何を言ってもなかなか話に乗ってこなかったのを覚えている。実際いつも、こちらの話をろくに聞いてもいないように見えた。

ところが、機上で隣り合わせた男とはじつに話がはずんだ。昔会った男のような散慢さがなく、曖昧《あいまい》な返事をしたり、何かに憑《つ》かれたような眼差しだったりすることもなかった。それとはまったく反対で、活発だし、こちらが何をもち出しても非常な興味を示して応じてくれた。実際、最初のあのうろたえぶりを除いては、追われている人間にふさわしい様子などほとんど見当たらなかったのである。

だが、自分ではそう言っていた。もちろんあとで起こったことを思えば無用な疑問ながら、そのときは男の話が本物か、それとも髭と同じく偽物なのか、いずれとも判断しようがなかった。

男の話を信じる気持ちになっていたとしたら、それはまったくのところ、話しぶりによるもので、話の内容のせいではなかった。もちろん〈クレシュの眼〉を盗んだなどと言ったわけではない。それほど想像力に欠けるところはなかった。また、祈禱師《きとうし》のひとり娘を辱《はずかし》めたというのでもない。とはいえ、男の働いていた地域――クアラルンプールの南にある、ネグリセンビランという州――について話してくれたことの中には、正直言って信じ難いものもいくつかあった。樹々に侵略される家の話、政府の建設した道路が忽然《こつぜん》と消えてしまったという話、十日間の休暇から戻ってみると芝生に縄状の植物がはびこっていて、二度も焼き払わねばならなかった近くの同僚の話。また男の言うには、人の背丈ほどの跳躍力をもつ小さな赤い蜘蛛《くも》がいて、「村にいたある娘など、このやっかいなのが一匹耳の穴に入って膨れあがってしまい、ほとんど耳が聞こえなくなってしまった」そうだ。かと思うと、あまり蚊《か》が多いため、家畜が窒息してしまう場所があるという。川がいくつもの支流にわかれて流れるマングローブの茂った湿地帯、封建時代なら王国のひとつほどもあろうかというゴムの大農園のある土地のこと、あまりにも湿気がひどくて、暑い夜は壁紙に気泡ができ、聖書に黴《かび》の生える土地のこと。

機内に並んで腰をかけ、空調の行き届いた淡い色彩のプラスチックの世界に閉じこもっていると、こういう話はどれも、とてもありそうもないように思えた。ちょっと手を延ばせば届きそうな青く輝く凍てついた空、青と金でまとめた制服を着てきびきびと歩きまわるスチュワーデスや、コークを飲んだり眠ったり、『イン・フライト』誌をぱらぱらめくっていたりする左手の乗客を眺めていると、男の話の半分も信じられない気がしてきて、おおかたは大げさに誇張しているだけのことか、南部の人間好みのほら話と思えたのである。家に戻って一週間ほどしてからブルックリンの姪《めい》の家を訪ねたときになって、やっとわたしは男の話をやや高く評価しなおした。姪の息子の地理の教科書を眺めていて、こういう一節に出会ったためである。「このマレー半島全域にわたって、昆虫類が豊富に棲息《せいそく》している。種類の多さでは、おそらく地球上のどの地域にも優る土地である。良質の硬い木材があり、樟脳《しょうのう》、黒檀も多く見られる。蘭の種類も数多く、なかには異常なほど大きなものもある」とあった。ほかにも、「言語が細かくわかれている」こと、「湿度がきわめて高い」こと、「動物の種類が多彩である」ことにも触れており、さらに「この土地のジャングルに入り込むのはことのほか難しく、野生動物ですらよく固めた踏み跡から離れることができないほどである」と付け加えてあった。

しかし、何より不可解だったのは、これほど危険で暮らしにくいにもかかわらず、男がこの土地を愛していたと言ったことである。

「半島の中央部に山があって――」男はわたしには発音できない名前を口にし、頭を振りながら続けた。「見たこともないほど美しいのです。それと海岸のほうにも実にきれいな土地がある。もうまったく南太平洋のどこかの島じゃないかと思うくらいでね。居心地だって申し分なし。そりゃあ湿気は強いですよ、ことに新しく布教を始めることになっていた内陸部ではね――それでも温度は三十八度まであがることすらないんです。ニューヨークと較べてごらんなさい」

わたしは頷いた。「そりゃあいい」

「それと住民たちのことも」と男は続けて言った。「まったく、あれほど友好的な人たちは世界じゅうどこを探したっていませんよ。回教徒については、いろいろ悪い噂《うわさ》を耳にしてました。——住民のほとんどは回教徒で、スンニ派に属しています。でも、われわれに対しては、本当の隣人として接してくれたと言っていいでしょう……教義をいわば〝受け入れやすく〟してやって、余計な干渉をしない限りはね。もちろんそこはよく気をつけましたよ。余計なことに首をつっこむ必要などなかったのです。われわれの提供したのは病院で——というか、まあ、せめて診療所とくらいは呼べるもので、正看護婦がふたりに、月に二度やってくる医師がひとり——それと本や映画を収めた小さな図書室と。神学関係だけでなく、あらゆる分野のものを揃えていました。施設は村はずれに造ったから、村人たちはいったんその前を通って川まで行き、ロントックたちに見られていないのを確かめてから中へ入ってきて閲覧してまわるのです」

「誰にですって?」

「司祭みたいなものです。かなりたくさんおりましたが、わしたちの邪魔をしたりはしませんでした。こちらも向こうの邪魔などしないですしね。見た目ほど多くの人びとを実際に改宗させられたかどうかわかりませんが、あの住民たちに対して悪口を言う気はまったくないですよ」

男はそこで中断し、目をごしごしこすった。なぜか急に、年相応に見えた。「何もかも順調にいってました。それからわしは、もっと内陸部に入って、次の布教活動の足場を固めるように言われたのです」

そこでまた話が途切れた。続きを話すべきかどうか、思案しているふうだった。小柄でずんぐりした中国人の女性が、両側の座席につかまってバランスを取りながら、ゆっくりと通路を歩いてきた。通り過ぎるとき、その手がわたしの耳を掠《かす》っていった。男はその女性を不安げな面持ちで見つめ、行ってしまうのを待った。

ふたたび話し出したとき、男の声ははっきりそれとわかるほどに重苦しいものに変化していた。「わしは世界じゅう翔けまわりました。いまじゃアメリカ人が到底、入り込めないような場所もずいぶんあります。でもどこへ行こうと、確かに神が見守っていてくださるのを常に感じていました。ところが、あの山々に向かって登りはじめたとたん……」男は首を振りながら続けた。「ほとんど何から何まで、自分一人でやらねばなりませんでした。ほとんどのスタッフはあとから、わしが足場を築いてから来ることになっていましたから。一緒に連れていったのは、うちで雇っている用地管理人の一人と、荷担ぎがふたり、それに通訳も兼ねたガイドが一人、それが全部です。全員、土地の者でした」男は顔をしかめた。「でも少なくとも、用地管理人はクリスチャンでした」

「通訳が必要だったんですか?」

この質問は話の中心からそれるものだったらしい。「新しい布教活動について言えば、それは必要でした。わしのマレー語は、低地でなら充分役に立ちますが、内陸部では方言が十いくつもあるんです。通訳なしじゃ、どうしようもありませんよ。目的地で話されているのは、下の村でアゴン・ディガチュアン――〝旧い言葉〟と呼ばれているものでした。結局ほとんど理解できるようになりませんでしたが」男は自分の手をじっと見つめて言った。「それほど長くは滞在しませんでしたから」

「何か住民と問題でも？」

男はすぐには答えなかった。それからようやく頷いて、「あれほど悪意に満ちた連中はほかにないでしょうな。心底、そう思いますよ」と、男は非常に慎重に応えた。

「どうしてあのような人種を神が創り給うたかと、ときどき訝《いぶか》しく思うことがあります」窓の外、ずっと下方に連なる雲の峰々を、男はじっと見つめた。「自分たちのことを呼ぶのに使う名はチョーチャ、ともかく、わしにはそう聞こえました。フランスの植民地の影響があるのかもしれません。わしにはアジア人そのものに見えましたが、色がちょっと黒く、小柄です。見掛けは柔和でね」男はちょっと身震いした。「でも本性は、見掛けとは全然ちがうのです。腹の底では、ちょっと測りしれないところがある。何百年だか知らないけれど、ずっとその山間部に暮らしていて、何をやっているんだか、とにかく外部の者にはけっして秘密を明かさない。自分たちも低地の住民と同じ回教徒だと口では言うものの、土着の神々の信仰が混合しているのはまちがいないと思います。最初は未開の人種だとわしは思っていました。つまり、儀式のいくつかは――いや、ちょっと信じられないようなもので。でもいまでは、未開人だなど、とんでもないと思います。あんな儀式をのこしているのも、ただ楽しみのためなのですから！」男は微笑もうとしたが、顔の皺を深くしただけであった。

「でも最初は、とても友好的に思えたのです。近づいていって商売でもできそうだし、動物を育てるのを見せてもらえます。神の救いについて話すことだってできますよ。むこうはただニコニコ笑っています。始終ニコニコしているものだから、本当にこちらに対して好意をもってくれているのかと思ったくらいで」

男の声には失望のひびきがあった。そしてさらに別の何かが。

「それと――」男は急に身体を寄せ、秘密めいた口調で言った。「低地では、牧草地にある生物がいて――蝸牛《かたつむり》の一種ですが、マレー人はこれを見つけるとすぐに殺してしまいます。小さくて黄色い奴ですが、ひどく恐れられていましてね。これが家畜の影を横切って通ると、その生命力をすっかり吸い取ってしまうと信じられているのです。住民たちはこれを〈チョーチャ・カタツムリ〉と呼んでいましたが、いまではなぜそう呼ぶのか、わしにはよくわかります」

「どうしてです?」とわたしは尋ねた。

男は機内を見まわし、溜め息をついたようだった。「おわかりでしょうが、この段階ではまだ、わしたちはテント暮らしでした。まだひとつも建物など造っていませんからね。で、天候が悪くなって蚊の来襲がひどくなり、用地管理人が姿を消したあと、ほかの者たちもいなくなってしまいました。きっとガイドの男が皆をたきつけたんでしょうな。もちろんおかげで、あとはわしだけ――」

「待ってください。用地管理人がいなくなったんですか?」

「ええ、まだ最初の一週間も過ぎていないうちにです。わしたちは午後おそく、テントから百ヤードも離れていない土地を歩測していました。丈の高い草をかきわけて進みながら、わしはてっきりあの男がすぐ後ろについているものと思っていたのです。でも振り返ってみると、姿が消えていました」

男は、迸《ほとばし》るように話し出していた。一九四〇年代の映画で、原住民が装備をもったまま、こっそり逃げてゆく光景が目に浮かび、男の話がどこまで本当だろうかと、わたしは思った。

「それから同じように、ほかの者もいなくなったのです。チョーチャ族と話ができなくなってしまい、マレー語とかれらの言葉をいっしょくたにした、混成語のようなものを使うしかありませんでした。それでも、何が起こっているかはわかりました。その週のあいだじゅう、やつらはまるで匿《かく》すそぶりもなく、何事かを笑い合っていたのです。それでわしには、やつらが用地管理人が消えたことに何らかの関わりをもっているように思えたのでした。というのも、管理人は信頼できる人間だったからです」男は沈痛な表情だった。「一週間後、チョーチャ族がわしに見せたとき、その男はまだ息がありました。でも話せなかった。そんなふうにしたのはチョーチャ族だとわしは直感したのです。つまりやつらは——やつらはあの男の身体の中で、何かを育てていたのです」男は身を震わせた。

ちょうどそのとき、わたしたちのすぐ後ろで、とても人間のものとは思えない金切り声がひびき、エンジンの唸りをも圧倒して、サイレンのように機内の空気を刺し貫いた。あまり出し抜けだったたので、ふたりとも心臓が止まりそうになって強張《こわば》りついた。見れば男の口が、悲鳴に応えていまにも叫び出しそうに開く。もはやこれまでか、とばかり顔面蒼白になってふたりの老人が身をすくませている様子は、さぞや滑稽だったろう。勇を鼓して振り返って見る気になるまで、たっぷり一分はかかったにちがいない。

スチュワーデスがもうやって来ており、わたしのすぐ後ろの席の男が居眠りして膝に火のついた煙草を落としたのを、軽くはたいて始末してやっていた。周囲の、ことに白人の乗客は後ろの席の男に怒りの視線を投げて寄こし、わたしは肉の焦げる臭いを嗅《か》いだ気がした。スチュワーデスとチーム仲間のひとりに助けられ、その男はようやく立ちあがった。助け起こしながら仲間のほうは、落ち着きのないくすくす笑いを洩らしていた。

つまらぬできごとながら、おかげでわたしたちの話は頓挫《とんざ》し、男も話す意欲が失せたらしく、なんだか髭の背後にひき籠《こ》もってしまったような気がした。男はそれ以上話そうとはせず、食料品の値段とか宿泊施設のこととか、日常的なつまらぬ質問をするばかりだった。フロリダへ行ってひと夏、男の口にした言い方では〝戦列を離れての休暇〟をとるのだそうで、費用はどうやら教会負担らしかった。いくらか諦《あきら》め気分で、それでも用地管理人は結局どうなったのかと訊いてみると、あの男は死んだ、というのが答えだった。やがて、飲みものが出てきた。南の方向からは北アメリカ大陸が見え出して、はじめは氷のほんのひとかけらだったのが、たちまちぎざぎざのある緑のすじとなってこちらへ向かってきた。いつしかわたしは隣の男に妹の住所を教えていた。インディアン・クリークが、男の滞在するというマイアミのすぐ郊外だったからだが、教えてすぐにそのことを後悔した。だいたい、この男のことをどれだけ知っているというのか？　男はアンブローズ・モーティマーだと名乗った。「〈死海〉って意味です。十字軍以来のね」

なおもわたしが布教活動のことに話を戻そうとすると、男は手で振り払うようにして「もうわしは宣教師の身分ではないんです」と言うのだった。「きのう国外に出るとき、その資格を放棄したんですから。ほんとですよ、いまは単なる市民ってわけです」と笑ってみせようとした。

「どうして追われていると思ったんです？」

そう問われて笑いが消えた。「はっきりした確信はないんですがね」あまり説得力のある言葉ではなかった。「年をとって妄想にかられているだけのことかもしれない。だがニューデリーでも、ヒースローでも、確かに誰かの唄う声を聞いたんです。――ある特別な唄をね。最初は手洗いの中で、仕切りの向こう側から、二度目のは並んだ列の後ろのほうから。どの唄だかはすぐわかりました。あの〝旧い言葉〟で唄う唄なんです」男は首をすくめて言った。「もっとも、唄の文句の意味もわかりませんがね」

「でも何だって唄ったりするんでしょう？　もしあなたを尾《つ》けているとしたらですよ」

「そこですよ。よくはわかりませんが」男は頭を振った。「でも多分――多分それが儀式の一部なんでしょう」

「どんな儀式？」

「わかりませんよ」またそう答えた。とても辛そうに見えたので、問いつめるのもそろそろ終わりにしようと思った。換気装置は、布地と肉の焦げた臭いをまだ抜ききっていなかった。

「ただ、その唄を前に聞いたことがあるんですね。何の唄か、わかったというからには」

「ええ」男は顔をそむけ、近づいてくる雲を見つめた。メイン州上空を通過しているところで、なんだか急に地球がずいぶんちっぽけな場所に思えてきた。「チョーチャの女たちが唄っているのを聞いたことがあるんです」ようやく男は言った。「農耕の唄みたいなものです。ものを成長させる唄ということになっているんですよ」

前方には、マンハッタンをドームのように覆う黄色いサフラン色のスモッグが無気味に迫っていた。頭の上のコンソールに、〈禁煙〉の文字が音もなく明滅した。

「乗り換えずに済むようにこの便にしたんですがね」やがて男が言った。「でもマイアミへの出発まで一時間半もある。ちょっと降りて身体を伸ばし、散歩でもしてみますかな。税関にあまり時間を取られなきゃいいが」わたしにというより、なんだか自分自身に向かって話しているみたいだった。わたしはまたもや、いっときの気分でモードの住所を教えたことを後悔していた。男と出会ったことが言ってみれば伝染病に罹《かか》ったようなものであるなら、それを妹にも感染《うつ》してやりたいという、妬《ねた》み深い亭主のような気持ちが半分はあったのだ。でもおそらく、この男が妹を訪ねていったりすることはあるまい。男は名前を書きとめることさえしなかったではないか。それにもし訪ねていったとしても、友人に囲まれ、何も心配することはないとわかればきっと大丈夫だろう、と自分に言いきかせた。ひょっとしたらふたりが意気投合することだって考えられる。何といっても年はほとんど同じなのだから。

機が重力に抗うのをやめ、暖かい空気の中へ深く沈んで行くと、乗客たちは本や雑誌を閉じ、手荷物を取りまとめ、冷たい水で顔をさっぱりさせようと、あわてて洗面所へくり出した。わたしは眼鏡を拭い、残り少ない髪の毛をなでつけた。隣の男は窓の外を見つめ、膝にのせた緑の「エア・マレー」のバッグの上で、祈りのときのように手を組んでいた。はやくもわたしたちは、他人同士に戻ろうとしていた。

「座席の背凭れをまっすぐにお戻しください」魂の抜けた声が告げた。窓の外では、ずっと向こうを向いたきりになった男の頭ごしに地面が迫って、滑走路にあたる衝撃、逆噴射の轟音《ごうおん》。スチュワーデスたちはもう通路を往き来して、頭上の物入れからコートやジャケットを引っぱり出していた。重役ふうの男たちが指示を無視してさっと立ちあがり、せわしなくレインコートを着込んでいた。機外では灰色にけぶる小雨の中を、ユニフォームを着た人影がしきりに動いていた。「やれやれ、やっと着いたか」と、わたしはぎこちなく言って立ちあがった。

男は振り向いて、弱々しい笑いを浮かべてみせた。「ごきげんよう。本当に楽しかったですよ」とわたしの手を取った。

「マイアミではよく休養して、気晴らしなさるといい」後ろを流れる乗客の列に、自分の入り込める隙を探しながら、わたしは言った。「大事なことですよ――よく身体を休めることです」

「わかっています」と男は重々しく頷いた。「わかっていますよ。あなたに神の祝福を」わたしは人の切れ目を捉えて、列に入った。後方から男がつけ加えた。「それから、きっと妹さんに会いに行きますよ」わたしはがっかりしたが、出口に向かって進みながら振り返り、最後の別れを大声で告げた。黄ばんだ目のあの老婦人がわたしのふたり前にいたが、にこりとも笑いかけてこなかった。

これで最後だと思って別れを告げても、あとでまた顔を合わせてばつの悪い思いをすることがときどきあるものだ。四十分ほど後だったか、白いプラスチックの管をいくつも、食品工場の製品よろしく潜り抜け、廊下を通り、税関の列に並んだあと、何気なくわたしは空港のみやげ物店のひとつに入り、姪が迎えに来てくれるまでの時間を潰していた。そしてそこで、またあの宣教師を見かけたのであった。

むこうはわたしに気がつかなかった。ペーパーバックの棚のひとつ――たいてい著作権の消えた、いわゆる〝古典もの〟の棚の前に立っていた。本の列を上から下まで目で追ってはいるが、何かほかのことに気を取られている様子で、ろくに書名を読むいともなく、しきりに視線を動かしている。わたしと同じように、ただ時間を潰しているだけにちがいなかった。

なぜかわたしは声をかけるのを控えた。ばつが悪いというか、せっかくさっぱり別れを告げたのに、それを台無しにしたくないような気がしたのだった。声をかける代わりに、わたしは後じさりして後ろの通路に入り、ゴシックものの棚の陰に隠れて、本を探すふりをしながら男の様子を窺った。

しばらくすると男は本から顔をあげ、何気なく右のもみあげの下に髭を押さえこみながら、セロハンのかかったレコードの並んでいる台のほうへふらりと歩いて行った。と、いきなり振り返って店内を見まわした。わたしは首をすくめてゴシック小説のほうに頭を近づけたから、目の前に昆虫の複眼で見たような光景が展開した——女が、小さな屋敷から逃げてゆく絵がいくつにも重なって見えた。

やがて、男は逞しい肩をすくめると、仕切りの中のレコードを繰りはじめた。一枚一枚引き出しては戻すしぐさが気ぜわしい。じきにそこを調べ終えると、今度は左側の仕切りに移ってまた同じことをはじめた。

突然、男は小さな叫び声をあげ、ひるんだように見えた。しばし身動きもできずに立ちすくみ、仕切りのなかの何かを見下ろしていたが、やがてさっと向きを変え、ちょうど入りかけていた家族連れを押しのけるようにして足早に店から立ち去った。

「離陸に間にあうかな」と、わたしはびっくりしている売り子に声をかけて、アルバムの台のほうへ近寄った。一枚だけ表向きに載せたままになっている——サキソフォンにジョン・コルトレーンをフィーチャーしたジャズのレコード。当惑して、さっきまで旅の道連れだった男を振り返って探したが、その姿は入口の向こうを忙しく通り過ぎてゆく人びとに紛れて見えなくなっていた。

男があんなふうに立ち去ったのは、明らかにそのアルバムに原因があった。わたしはそれを、もっとよく調べてみた。熱帯の落日を背景に立つコルトレーンのシルエット、顔立ちははっきりしないが、頭をそらして真紅の空の下で静かに吹き鳴らすサキソフォン。ポーズは効果的だがありふれたもので、特別な意味のありそうな点はひとつも見あたらなかった。どこにでもあるような、ホーンを吹く黒い人影でしかなかった。

ニューヨーク市民の誠意あふれる態度、それに寛容さは、ほかのどの都市にも優るものだ――少なくともこの街でわたしの出会った人たちについて言えば。

――ラヴクラフト、一九二二年九月二十九日

なんと短時日のうちに貴方は考えを改めたことだろう！　ここにやって来た貴方が見たものは、アーチやドーム、幻想的な尖塔《せんとう》の立ち並ぶ、ダンセイニ風の黄金都市だったのに……少なくともわたしたちにはそう話してくれたのに。しかし二年後ここからとび出したとき、貴方の眼に映っていたのは〝度し難い有象無象ども〟ばかりでしかなかった。

それほどまでに夢を打ち砕いてしまったのはいったい何だったのだろう？　地下鉄で乗り合わせる異貌《いぼう》の者たち？　それとも、新調のサマー・スーツを盗まれただけのことで？　ハワード、悪夢

はすべて貴方の心の中だけのものと、そのころわたしは思ったし、いまでもそう信じている。ふたたび陽の光を求めるかのように、貴方はニューイングランドへ戻って行ったが、いやいや、影の中にだって探してみるとけっこう素敵な暮らしがあるものだよ。わたしは影にとどまり――そして生き延びてきた。

いまいるここがニューヨークなら、と祈るような気持ちさえある。小さく不粋なバンガローで、音をたてる冷房装置や腐りかけた柳細工の家具に囲まれて、窓に水滴のしたたり落ちる蒸し暑い夜を過ごしながら。

八月のあの日の午後の、自然史博物館の石段のところに戻れたら、と思ってもみる。重大な意味をもっていたあの日、わたしはテディ・ルーズヴェルト像の馬の影に入って汗をかきながら、犬や子供をひき連れてセントラルパークを散歩する年輩の主婦をながめ、モードから受け取ったばかりの絵はがきで、気休め程度とはいえ、あおいで風を受けていた。わたしは姪が車で男の子を連れてくるのを待っているところで、その子とふたりで博物館を見物するつもりだった。その子が見たがっていたのは、実物大のシロナガスクジラの模型と、すぐ上の階にある恐竜で……。

エレンとその子は二十分以上も遅れていたのを覚えている。それにもうひとつ、ハワード、その日の午後わたしは、貴方のことを考えていたのだった。ちょっとおかしいような気分だった。二〇年代のニューヨークを嫌ったように、いまのニューヨークを見ればきっと貴方は、恐怖にかられてしまうだろうと思って。博物館の石段からも、ごみが山なりの街角や、中を通り抜けるあいだ一度も英語を話しているのが聞こえないことだってある公園が見えた。白人を占め出してしまった観のある黒い肌、通りにひびきわたるマンボのリズム。

こんなこまごましたことまでみな覚えているのも、後になってみればこれが特別な日だったからだ。この日わたしは、もういちどあの黒い男と不吉な角笛《ホーン》を見ることになったのである。

姪はいつものように遅れてやって来た。言いわけもいつもの通りなら、もち出す意見もいつも通りだった。「よくこんな街に住んでいられるわね」とテリーを歩道に降ろしながら姪は言った。「ほら、ああいう人たちに囲まれてね」そう言いながら、黒人やラテン系の連中が群像のモデルのように集まっている公園のベンチを頭で指した。

「ブルックリンのほうがずっといいとでも？」わたしの切りかえしも習慣に従ったまで。

「もちろんよ。ともかく高台《ハイツ》ではね。わたしには理解できないわ――どうして依怙地《いこじ》なほど動きたがらないんだか。せめてイーストサイドあたりで試してみたら？　そのくらいの余裕はあるんでしょう？」テリーは気のないようすでフェンダーのあたりをぶらぶらしながら、わたしたちを眺めていた。母親よりわたしの味方だろうとは思ったが、テリーはそれを面《おもて》に出すような莫迦なまねはしなかった。

「エレン、現実を考えてもらわないと。この年になってシングルズ・バーめぐりをするわけにはいかんのだよ。イーストサイドの連中はベストセラーしか読みゃせんし、六十を越した人間なんか誰もかまっちゃくれないのさ。わたしは自分の育った所でうまくやってける――少なくとも、どこに安いレストランがあるかわかってるからな」そうは言っても、確かに辛い問題にはちがいなかった。度しがたい白人たちの中で暮らすのと、黒人たちに囲まれて怯えながら住むのと、いずれかを選べというのだから。でもどちらかというと、多少のことなら怖い思いをするほうがまだましだった。

エレンをなだめようと、わたしはエレンの母親の葉書を読んで聞かせてやった。絵葉書ではなく、切手を貼らないでいい種類のものだ。「杖を使い慣れるまでには、もう少しかかりそう」学校時代メダルをもらったころのままの、完璧な文字だった。「リヴィアが夏のあいだヴァーモントへ帰ってしまったので、トランプのほうはちょっとお休み。いまはパール・バックに熱中しているところ。兄さんのお友達のモーティマーさんが立ち寄ってらして、楽しい話し相手になってくださいました。なんて面白いお話だったか！『マッコールズ』の定期購読のこと、もう一度お礼を言うわ。古い号はエレンに送ってあげるつもり。ハリケーンの季節が終わってから兄さんに会えるのを楽しみにしています」

テリーは早く恐竜を見たくてじりじりしていた。実を言うと、もうわたしが監督するのに手こずる年頃になろうとしており、エレンとあとで落ちあう場所をまだ決めかねているあいだに、もう石段を半分のぼっていた。学校が休みなので博物館は週末なみに混んでおり、玄関ホールに叫び声や笑い声がこだまして、動物の鳴き声じみて聞こえた。わたしたちはメインロビーの館内案内図を見て、どちらに行けばよいかを頭に入れた。大きな緑の点のところに〈あなたのいる場所〉とあり、その下に誰かが〝残念だけど、それが現実〟と落書きしていた。わたしたちは爬虫類《はちゅうるい》展示室に向かって歩き出したが、テリーはじれったそうにどんどん先に立って行った。「あれは学校で習った」とテリーはセコイアの立体模型を指して言った。「あれもだ」と、グランド・キャニオン。確か今度七年生になるが、これまではあまりしゃべらないたちだったし、ほかの子供たちより幼く見えた。

オオハシやマーモセット、それに新しくできた都市環境部門はとばしてしまい(「コンクリートにゴキブリか」と、テリーは鼻で笑った)、まちがいなくプロントザウルスの前に立つことは立ったのだが、ちょっと期待はずれだった。「骨だけだってこと、忘れてたよ」とテリーは言った。後ろのほうから、黒人の少年たちがくすくす笑いあいながらこちらへやってきた。わたしはテリーをせき立てて、組みあげた恐竜の骨の前を通り過ぎ、いちばんひと気の多い戸口を抜けた。皮肉にもそこは〈アフリカの人間〉と題する展示室だった。「こんなとこ、つまんないや」と、仮面や槍にはまったく興味を示さずにテリーが言った。次から次へとせわしなく見てまわるのに、わたしは疲れてきた。またひとつ新しい入口――〈アジアの人間〉――を通り、中国の彫像の前を過ぎた。「あれも学校で習った」と、ガラスケースの中の、儀式用の長衣《ローブ》をまとったずんぐりした人形を見て頷きながら、テリーは言った。どこかそれは、わたしにとってもなじみのあるもののような気がして、立ちどまってじっと見つめた。わずかに裂けた外側の長衣は、何か艶のある緑色の素材で織りあげたもので、片側に背の高い捩くれた木が何本かあり、別の側には様式化した川らしいものが見える。前景を横切って黄土色の人影が五つ、腰布と頭飾りをつけて、長衣の端の擦り切れているあたりに向かって逃げてゆくところらしい。その後ろには全身真っ黒の、もっと大きな影が立っていて、その口からは角笛がぶらさがっていた。この黒い影は織りが粗く、ただの棒杭に近いようなものではあったが、ポーズも体格も、あのレコード・ジャケットの写真に気味悪いほどよく似ていた。

テリーがそばに戻ってきて、わたしが何に気をとられているのか、興味をもったらしい。ケースの下の白いプラスチックの表示板を見つめながら、「民族衣裳。マレー半島、マラヤ連邦、十九世紀初頭」そこまで読んでテリーは口をつぐんだ。

「書いてあるのはそれだけかい?」

「うん。何ていう種族のものかも書いてない」しばらく考えて、「でも、どっちでもいいや」

「よくないんだがね。誰か知ってる人はいないものかな」とわたしは言った。

やはり階下の、メインロビーの案内カウンターで尋ねてみるべきだろう、というわけで、テリーが先に駆けて行き、わたしはさらに重くなった足取りで後を追った。どうやらテリーは、謎解きをするのを面白く思ったようだ。あいにく、こんな退屈で平凡なものについての謎でしかなかったけれど。

わたしが質問を切り出すや、退屈しきった表情の女子大生は、カウンターの下からパンフレットを取り出し、渡してよこした。「九月までは誰にも会えませんよ」言いながらもう、向こうへ行きかけている。

「みんな休暇中ですから」

わたしは目をこらして一ページ目の細かな文字を読んだ。「アジア、文明の揺籃《ようらん》と呼ばれるこの世界一広い大陸は、その名にふさわしい役割を果たしてきた。いや、文明の発祥の地のみならず、人類最初の男が出現した場所であるとも言えよう」明らかに、このパンフレットは性差別撤廃運動が盛んになる前に書かれたものだった。裏の日付を見ると、「一九五八年冬」となっている。これでは役に立ちそうもない。しかし四ページ目を開けたとき、探していた記述が目にとまった。

……つぎの人形の着ている緑の長衣《ローブ》は絹製で、マレーシアの中でも最も苛烈な自然の残るネグリセンビランという地域で儀式に用いられるもの。中心的人物として描かれた儀式用の角笛を吹きならす土人、またその楽器の優美な曲線に注目されたい。この人物は〈死の使い《ヘラルド》〉を表すものと考えられ、おそらく村人たちに忍びよる災厄を警告しているところであろう。匿名による寄贈品。もともとはおそらくチョ・チョ族のもので、年代は十九世紀初頭。

「どうしたの、ねえ、気分でも悪い？」テリーがわたしの肩を摑み、心配そうに見上げていた。わたしの様子がおかしいので、老人についてテリーがいちばん恐れていることが起こったかと思ったにちがいない。

「そこに何て書いてあるの？」

わたしはパンフレットをテリーに渡し、壁ぎわのベンチによろよろと近づいた。考える時間が欲しかった。チョ・チョ族というと、ラヴクラフトやその弟子たちの書いた物語のいくつかに登場する名前だった。ハワード自身の表現では、「まったくもっておぞましいチョ・チョ族ども」とあった。しかし、ラヴクラフトの生み出した神々のひとつを崇《あが》めているといわれていた以外には、わたしはかれらについてあまり多くを思い出せなかった。なぜかわからないが、ビルマと関係があるように思い込んでいたりして……。

しかし、チョ・チョ族がどのような種族であれ、これまでひとつのことだけは確信していたのである。つまり、それはまったく架空の種族の名前だということだ。

どうやらわたしはまちがっていたようだ。そのパンフレット自体がまやかしだなどということはちょっと考えにくいし、とすれば、物語に登場した邪悪な連中は、実は南アジアの亜大陸に住む実在の種族をもとにしたものだったと結論せざるを得ない。そしてその名をあの宣教師は、〝チョーチャ〟と聞きちがえたのだった。

これはあまりありがたくない発見だった。モーティマーの話してくれたことが真実だったかどうかには関わりなく、わたしはそれを小説の材料にしたいと考えていた。モーティマー自身はちっとも意識しないいまま、小説に仕立てられそうなプロットを三つも四つも与えてくれていたのである。が、いまになってやっと、ハワードのほうが先手を打っていたことがはっきりした。そしてわたしは、他人の恐怖小説を地で行くという、あまり居心地のよくない立場に自分が置かれていることを悟った。

書簡体による表現はわたしの場合、主として会話に代わるものとして用いている。

――ラヴクラフト、一九一七年十二月二十三日

黒い角笛吹きとの二度目の出会いは予期せざるものだった。が、その一ヵ月後、もっと驚くようなできごとがあった。あの宣教師をまたもや見ることになったのである。

というより、その顔写真を見たわけだけれど。それは妹が切り抜いて送ってくれた「マイアミ・ヘラルド」紙の記事で、妹はボールペンでその上にこう重ね書きしていた。「ともかく読んでみて――なんて恐ろしいことでしょう！」

顔写真では誰だかわからなかった。見るからに古い写真で、転写もうまくできておらず、しかも髭がまったくなかったからだ。しかし下の記事によれば、あの宣教師にまちがいなかった。

嵐で牧師行方不明

（水曜日）アンブローズ・Ｂ・モーティマー師（56）――チャーチ・オブ・キリストの平信徒

牧師、テネシー州ノックスヴィル――は月曜のハリケーンのため行方不明となったもよう。宗派の広報担当者によれば、モーティマー師は十九年にわたる布教活動に従事した後、最近引退したばかりだった。最後の赴任地はマレーシア。七月にマイアミに移って以後、ポンパノ・キャナル・ロード三一一に暮らしていた。

記事はそこで途切れていた。事件にふさわしすぎるほどの唐突さだった。アンブローズ・モーティマーがまだ生きているのかどうか、わたしにはわからなかったが、せっかくあの半島から逃げ出したのに、そのあと逃げ込んだもうひとつの半島も、やはり同じくらい危険な場所だったにちがいないと思った。指を入れて漏れを防ごうとした裂け目が、大きく口をあけてあの男を呑み込んでしまったのだろう。

ともかくも、そんなふうにわたしの思いは流れていった。そうした憂鬱《ゆううつ》に鎖《とざ》されることはわたしにとって珍しいことではなく、その結果はいつも、ハワードとわたしに共通していた宿命論的な世界観へ戻ってゆくのだった。これを指して、ラヴクラフトにあまり共感しない伝記作者のひとりが〝無益論〟と呼んだこともあった。

しかし、いかに悲観論者であったとはいえ、事件をそのままにしておくつもりはなかった。確かに、モーティマーは嵐で死んだのかもしれないし、ひとりでどこかへ行ってしまったという可能性もなくはない。それでももし、どこかの狂信的な宗教の一派が、その内実を細かい部分まで知られたがためにモーティマーを抹殺したというのが真相ならば、わたしにもしてやれることはあった。だからわたしは、その日のうちにマイアミ警察宛に手紙を書いたのである。

「拝啓　アンブローズ・モーティマー師が先日行方不明となった事件を知り、あるいはわたしの提供する情報を、捜査に役立てていただけるのではないかと考えました」

手紙の内容をここにこれ以上引用する必要はあるまい。行方不明の男との会話を細かく記し、男が生命の危険を感じていたこと、つまりチョ・チョと呼ばれるマラヤの種族の追跡と〝儀式殺人《ファウル・プレイ》〟を恐れていた点を強調しておいたと言えば充分だろう。要するにその手紙は、手のこんだ他殺の線を訴えるものだった。わたしはそれを妹あてに送り、正しい宛先に出してくれるように頼んだ。

警察からの返事は意外なほどはやく来た。この種の通信文の例に洩れずその手紙は素っ気なく、思いやりの感じられぬものだった。発信者はA・リナハン巡査部長。「拝復　モーティマー師の件につきましては、生命を脅かされていたとの情報をすでに入手しておりました。ポンパノ・キャナルの一応の予備調査を終えた段階では何も発見されてはおりませんが、川ざらいは通常の捜査の一部として、さらに続行される見込みであります。まずはお礼まで――」

しかし署名の下に、巡査部長は手書きで短い追伸を書きそえていた。その調子は本文よりもいくらか親しみ深いものだったから、それまでのよそよそしさは、タイプライターのせいかもしれない。「参考までにお知らせしますと、最近手に入った情報によれば、マレーシアのパスポートをもつある男が、北マイアミのホテルの部屋にほとんど夏じゅうずっとこもりきりだったのに、お知り合いの方が行方不明になる二週間前にチェックアウトしています。いまのところこれ以上のことは申しあげられませんが、捜査陣は当面いくつかの線を追及していますので、どうかご安心くださいますよう。事件の早期解決を目ざし、署員一同、日夜努力を続けております」

リナハン巡査部長からの手紙が着いたのは九月二十一日だった。その週のうちに妹からも手紙が届き、また「ヘラルド」紙からの切り抜きが一枚添えてあった。ヴィクトリア朝の古い小説にあったように、この章は書簡体中心となったので、しめくくりもその手紙と切り抜きからの抜粋としておこう。

新聞記事は「事情聴取のためマレーシア人を手配」との見出しがついていたが、モーティマーの記事と同じく、写真のキャプションをいくらか長くした程度のものだった。

（木曜日）マイアミ警察の発表によれば、アメリカ人牧師が行方不明となった事件に関連して、マレーシア国籍の男を事情聴取のため捜索中である。記録ではこのマレーシア人、D・A・ジャクトゥ＝チョウ氏は、クレブラ・アヴェニュー二四〇一番地にあるバークリー・ホテルの家具付きの部屋を借りていたもよう。また、氏名不詳の同室者がひとりいた可能性もある。ジャクトゥ＝チョウ氏はまだ大マイアミ地域を出ていないものと推定されるが、八月二十二日以降の足取りは摑めていない。国務省では氏のビザは八月三十一日で期限切れになっており、その処置についてはまだ未定とのこと。

なお、アンブローズ・B・モーティマー師は、九月六日以来、行方不明である。

記事の上の写真は明らかに最近のもので、問題のビザから転写したものにちがいない。そのまん丸い笑い顔には見覚えがあった。ジェット機の通路でわたしが躓いた料理の持ち主だとわかるまで、多少時間がかかりはしたけれど。髭がないため、それほどチャーリー・チャンに似ているとは思えなかった。

切り抜きに添えてあった妹の手紙には、もう少し細かい点まで書いてあった。

「『ヘラルド』に電話したんだけど、記事に出ていた以上のことは訊き出せなかったわ。まったくあの記事どおり。しかもその返事をもらうのに半時間もかかるんだから。交換台のひとが役立たずで、ちがう相手にばかりつなぐんだものね。やっぱり兄さんの言ってたとおり——カラー写真を載せてるっていうだけじゃ、まともな新聞とはいえないってことね。

「きょうの午後、警察にも電話してみたんだけど、こちらもやっぱりたいした収穫はなし。まあ電話じゃ多くを期待するほうが無理かもしれないけれど、多少は役に立つこともあるんじゃないかと思うわ。やっとのことでリナハン巡査ってひとにつながって、そしたら兄さんの手紙にちょうど返事を出したところだって。もう届いたかしら。リナハン巡査はなかなかはっきりした返事をくれなくて、ちょっと捉えどころがない感じだった。応対はていねいだけど、はやく切り上げたがってたのはまちがいないわね。でも捜索中の男のフルネームを教えてくれたわ——ジャクトゥ・アブドゥル・ジャクトゥ＝チョウ、ちょっとしたもんでしょう？　――ほかにも手がかりはつかんでるんだけど、いまはまだ明らかにできないって言うから、わたしもあれこれ言ってお願いですから教えてって頼んだの（こういうの得意だって、兄さんも知ってるわね？）。で、やっと、モーティマーさんの親友だったたって言ったから聞き出せたんだけど、このことは兄さん以外に洩らしても、むこうは話したことは認めないからって言うのね。どうやら、あの可哀想なひとはひどい病気に罹っていたらしいわ。ひょっとしたら結核かも――わたしは来週、貼付試験《パッチテスト》を受けるつもり。ただ念のためっていうだけのことだけど、でも兄さんも受けておいたほうがいいわ――というのは、あの牧師さんの部屋で、警察はとっても変わったものを見つけたらしいの。肺の組織片――人間の、肺の組織なのよ」

わたしもやはり、小さい頃は探偵だった。

――ラヴクラフト、一九三一年二月十七日

素人探偵なんてまだいるだろうか？　もちろん小説の世界以外にだが。怪しいものだと思う。だいたいが、そんなゲームを楽しむ暇のある人間がどこにいよう？　わたしの場合、残念ながらそんな時間はなかった。十年以上も建前としては引退していたとはいえ、わたしの毎日はペーパーバックのこちら側の世界では誰しも経験している、こまごまとしたおよそ詩的でないことどもではち切れんばかりだった。手紙のやりとり、人と会っての昼食、姪を訪ね、かかりつけの医者を訪ね、読書（不充分）とテレビ（これは見過ぎ）と、ときには黄金期の映画の昼間興行《マチネー》（映画を見に行く回数はめっきり減少、主人公に感情移入できる度合いがますます小さくなってきたのがわかるから）。ハロウィーンの週はアトランティック・シティで過ごしたし、べつの週はほとんどずっと、莫迦ていねいな若い編集者に会って、わたしの初期の作品を再版する気にさせられぬものかと腐心して費やした。

こんなことを書いたのも、もちろん、あの哀れなモーティマーの事件のさらなる調査を、十一月の中ごろまで延ばし延ばしにしていたことへの弁解めいた気持ちからである。しかし、実を言うとわたしは、ほとんどこの事件を忘れかけていたのだった。事件を追う以外にすることがないなどというのは、やはり小説のなかでしかあり得ない。

事件への興味を呼び覚ましてくれたのはモードだった。モードは何の成果も得られなくとも熱心に新聞を睨《にら》んで、事件について何か新しい記事が出ていないかと目を光らせ続けていた。リナハン巡査に二度目の電話をかけることまでしたと思うが、新しいことは何も聞けなかったらしい。今度書いて送ってきた断片的な情報は妹のまた聞きながら、ブリッジ仲間のひとりが「警察内部の友人」から手に入れたもので、ジャクトゥ氏の捜索方針が変わり、一緒だったと考えられている連れ

——妹の手紙が正しければ「黒人の子供」——の捜索と合わせて行われることになったというのだった。この情報がまちがっているとか、まったく別の事件ということも大いにあり得るわけだったが、妹はこのことをひどく不吉な話と受け取ったのにちがいない。

たぶんそのせいでわたしは、つぎの日の午後、ふたたび自然史博物館の石段を苦しい思いで登っていたのだろう。モードを、そして自分自身を満足させるために。手紙に黒人のことが書いてあったことで、それもモーティマーの寝室で奇妙なものが見つかったと前に知らされていたため、わたしはあのマレーシアの長衣《ローブ》の図柄を思い出し、ひと晩じゅう黒い人影の幻に悩まされたのである。——ついさっきルーズヴェルトの像のところに蹲《うずくま》っていた乞食そっくりの人影——その人影は咳込むと、曲がった角笛のようなものの中へ自分の肺を吐き出してしまう——。

その午後は通りを行きかう人はわずかだった。たいていなら一月までは暖かい街が、いつになく冷え込んでいたためだろう。わたしは首にマフラー、足もとには着こんだ灰色のツイードのコートの裾をひるがえしていた。しかし館内は、アメリカの建物は皆そうだが暖めすぎで、たちまちわたしは二階までの、あのやたらに長い階段をもうあがってしまったかと思うような状態になった。

廊下は静まりかえって、誰もいなかった。ただ、壁のくぼみのひとつの前に警備員が不機嫌そうに腰かけて、悲嘆にくれているかのように頭を垂れていた。上のほうには大理石の天井近くにスチームの暖房装置があって、シュウシュウと音を立てていた。ゆっくり、博物館をひとり占めにしているような気分に浸りながら、わたしは前のとおりの順路をたどり、巨大な恐竜の骨格の前を通り過ぎた（『これほど大きな生物が、いま私たちの歩く地表を闊歩《かっぽ》していた時代もあったのです』）。〈原始時代の人間〉の展示室では、一目見て学校をサボっているとわかるプエルトリコ人の少年がふたり、アフリカの展示区画のそばに立って、戦闘具一式を身につけたマサイの戦士に見とれていた。アジアに割り当てられた展示室でわたしは立ちどまり、自分のいる場所を確かめたが、あの長衣《ローブ》をまとったずんぐりした人形はどこにも見あたらなかった。ガラスの箱はからだった。飾り板にテープでとめた表示に、こう印刷してあった。「補修のため、しばらく展示を中止させていただきます」

あの展示品を外に出したのは、きっとこの四十年間ではじめてのことにちがいなく、もちろんまたまこんなうまい機会にめぐりあったのである。めったにない幸運だった。わたしはその一画の端の、いちばん近い階段に向かった。後ろのほうのホールから、カチャカチャと金属のぶつかる音がひびいてきて、そのあと警備員のどなり声がした。きっとあのマサイ族の槍が魅力的すぎたのだろう。

中央ロビーで、わたしは職員の事務室のある北区画に入る許可証を書いてもらった。「地階に作業室がありますから、そちらへどうぞ」と、案内カウンターの女性が言った。夏にいたうんざり顔の女子学生は愛想のいい年輩の婦人に代わっていて、ちょっと興味のこもった目でわたしをながめた。「階段を降りて食堂を過ぎたところに警備員がいますからお尋ねください。お探しのもの、見つかるとよろしいですわね」

誰に咎《とが》められることもなく、わたしはそこでもらったピンクの紙きれを目につきやすいように大事にもって、階段を降りていった。吹き抜けをのぞいたとき、幻想めいた光景がわたしを襲った。金髪のスカンジナビア人らしい家族が、こちらに向かって階段を上ってくる。両親ふたりに幼ない娘がふたり、上向きの四つの顔はどれもほとんど同じ目鼻だちで、すぼまった唇に、やや自信なげで好奇心いっぱいの観光客の目。ところがそのすぐ後に黒人の少年がひとりいて、ふざけて父親の背後にぴったり身を寄せて歩きながらニヤニヤしているのに、四人にはその足音も聞こえないようだった。わたしのその時の気分のせいか、その光景はひどく心をかき立てるものであった。――少年の顔に嘲《あざけ》りの色があったのはまちがいない。食堂の前にいる警備員は気づかなかったのだろうかとわたしは思った。あるいは気がついていたのかもしれないが、少なくともそんなそぶりは見せなかった。警備員はあまり気のない様子でわたしの許可証を見やり、ホールのつきあたりの防火扉を指さした。

地階の事務室はおどろくほど古ぼけていた。――大理石の壁はなく、色褪《いろあ》せた緑の漆喰塗り――そして、廊下ぜんたいに〝埋めこまれた〟ような気分が漂っていたが、むろんこれは、外光の入ってくるのが、頭上高く地面の高さに設けられた格子窓だけだからである。わたしが訪ねるように言われたのは、準研究員のひとり、リッチモンドという人で、そのオフィスはハンガーボードで仕切った続き部屋の一部だった。ドアは開いたままになっていて、わたしが入ってゆくとすぐ、リッチモンド氏は机の前から立ちあがった。わたしの年格好と灰色のツイードのコートを見て、誰か偉い人物と取りちがえたのではなかろうか。

リッチモンド氏はよく肥えた若者で、黄味がかった赤毛の髭を生やしていて、少々形を崩したサーファーといった感じだったが、緑の長衣《ローブ》に関心があることをわたしが告げると、その快活そうな表情は消しとんだ。「そうしますと、上で苦情を言われたのはあなたですな?」

そうではないことを、わたしははっきり伝えた。

「そうですか。そういう方がいらしたのは確かなんですが」わたしを見る目には、まだとげとげしさがこもっていた。同じように後ろの壁からも、インドの戦いの仮面がわたしを睨んでいた。「着いたばかりで西も東もわからんような旅行者がやって来ては、ひと悶着《もんちゃく》おこしてくれるってわけですよ。マレーシア大使館に通報するぞ、とかなんとか。そういう連中とごたごたがあって『タイムズ』にでも載ったらことだって、上じゃ気が気じゃないらしいのです」

なぜ新聞の話をもち出したか、わたしにはわかった。その前の年、博物館は猫を使ってあるおぞましい実験——それもわたしには、まったく意味のないものとしか思えない実験を行い、さんざんな悪評を買ったことがあったのだ。その事件が報じられるまで、一般の人びとはこの建物の中に研究室がいくつもあることなど知らずにいたわけだ。

「それはともかく」とリッチモンド氏は続けた。「あの長衣《ローブ》はいま作業室にあって、わたしたちがいまいましい補修作業に狩り出されているんです。しかし手をつけるまでに六ヵ月はかかるでしょうな。なにしろ手が足りないものだから、そのくらいは当たり前なんですよ」そこでちょっと時計を見て、「行きましょうか、お見せします。そのあと、少々、上に用がありますので」

わたしはあとについて、両側に枝わかれのある狭い廊下を進んだ。ある場所で「右側にあるのが、かの悪名高い動物学の実験室ですよ」と聞かされたが、わたしはずっとわき目もふらずに歩き続けた。その次の入口を通り過ぎるとき、なじみ深い、ある匂いを嗅いだ。「糖密の匂いですね」と、わたしは言った。

「いい線いってます」彼は後ろを振り返らずに答えた。「大部分はその糖密でできてるんです。まったくの栄養剤ですな。微生物を成長させるのに使うわけでして」

わたしは遅れまいと足を速めた。「ほかに使い道は？」

彼は肩をすくめる。「さあ、わかりませんな。専門外のことですから」

わたしたちは黒い鉄条網つきのドアの前にたどり着いた。「これが作業室のひとつです」と言いながらリッチモンド氏は鍵を差し込んだ。ドアを開けるとそこは真っ暗な細長い部屋で、おがくずと接着剤の臭いがした。「こちらにおかけください」と、小さな控室に通しながら言った。「すぐに戻って参りますから」わたしはいちばん近くにあるものを見つめた。それは装飾彫りを施した大きな黒檀の箱で、蝶番《ちょうつがい》が取りはずしてあった。リッチモンド氏があの長衣《ローブ》を腕にかけて戻ってきて、わたしの前に広げて見せながら訊いた。「どうです？　そんなに傷んでやしませんでしょう？」やはりまだ、苦情を言ったのはわたしだと思い込んでいるのがわかった。

波紋のある緑の地に、前と同じように、なにか目に見えぬ運命に追われて逃げてゆく小さな茶色い人影があった。中央には黒い男が、黒い角笛をくわえて立っている。その男と角笛とは、途切れなくひと続きの黒い線で表されていた。

「チョ・チョ族は迷信深いのですか?」

「迷信深かった、と言うべきでしょうな」とリッチモンドは訂正した。「迷信深く、あまり善良な性質でもなかった。恐竜と同じで、いまは滅びてしまいましたがね。日本人に殺戮《さつりく》されるかどうかしたんでしょう」

「それは妙ですね。友人が今年のはじめごろ、かれらに会ったと言ってたんですが」

リッチモンドは長衣《ローブ》の皺をのばしていた。蛇のようにまがりくねった木の枝が、灰色の人影に摑みかかろうとするように、むなしく揺らいだ。「あり得ることかもしれませんな」と、しばらくして彼は答えた。「でも、大学院のころ以来、チョ・チョ族について書かれたものはまったく読んだことがありません。もちろん教科書類にはいっさい出てきませんし。調べてみたんですが、チョ・チョ族に関する記録はありませんね。この長衣《ローブ》も、百年以上も前のものなんです」

わたしは中央の人影を指して尋ねた。「この人物はいったい何者でしょうか?」

「〈死の使い〉ですよ」とリッチモンドはクイズにでも答えるように言った。「少なくとも文献にはそう書いてあります。何か迫り来る災厄を警告していると考えられてます」

わたしは顔をあげずに頷いた。これではパンフレットに書かれてあったことを繰り返しているにすぎない。「だけど、おかしいと思いませんか? どうしてこちらの、ほかの者たちはこれほどの恐慌状態に陥っているんでしょう？　ほら、警告を聞こうともしてないじゃありませんか」

「あなたなら、落ち着いて聞いていられますか？」リッチモンドはじれったそうに鼻をならした。「だって、黒い人影が使者みたいなものにすぎないとしたら、なぜほかの人間より大きく書かれてるんです？」

リッチモンドは長衣《ローブ》をたたみはじめた。「いいですか、私はなにもアジアのどの民族に関しても専門家ってわけじゃないんですよ。でも重要な人物の場合は大きく描く場合があるんです。ともかく、マヤの民族はそうしていますな。それより、私はこれ以上お相手できないんです。ちょっと打ち合わせに出ないといけませんので」

リッチモンドが長衣《ローブ》をしまいに行っているあいだ、わたしはそこに腰かけたまま、いま見たものについて思い巡らしていた。小さく描かれた茶色の人影は、雑な表現ながら、確かにただの使者相手では考えられないような恐怖を示していた。そして中央に勝ち誇ったように立つ、口から角笛をつき出したあの大きく黒い人影――あれが使者などではあり得ないこともわたしは確信していた。あれは〈死の使い〉などではない。あれは〈死〉そのものなのだ、と。

アパートに戻ったとき、ちょうど電話が鳴っているのが聞こえたが、中に入るまでに鳴りやんでしまった。コーヒーを入れたマグカップをもって居間に腰をおろし、この三十年というもの棚に入れっぱなしで手を触れもしなかった本を開いた。あの胡散《うさん》臭いウィリアム・シーブルックの『ジャングル事情』である。この著者には二〇年代に会ったことがあり、いささか胡散臭い面こそあれ、なかなか愉快な人物ではあった。シーブルックの本には少々信じ難いような人物がぞろぞろ登場する。たとえば、「若くて美しいが怠け者だったブリットという妻を食べ、ほかにも妻の女友達を十数人も食べて投獄され、有名になった食人族の酋長」といった具合である。だが、黒い角笛吹きのことは何も書かれていなかった。

ちょうどコーヒーを飲み終えたとき、また電話が鳴った。妹だった。

「もうひとりいなくなった男がいるのを知らせたかったのよ」と、妹はあえぎながら言った。怯えきっているのか、ただ興奮しているのか、どちらとも言えなかった。「サン・マリノの給仕よ。覚えてる？　兄さんを連れていってあげたことあるでしょう？」

サン・マリノとはインディアン・クリークに面した、あまり値の張らない小さな軽食堂で、妹の家から数ブロック離れたところにあった。妹は友達と一緒に、週に何度かは食事に出かけていた。

「昨晩起きた事件《こと》なの。聞いたのはついさっき、ブリッジの最中だったんだけど。なんでもその給仕は、魚の頭をバケツに入れて川に捨てに行ったきり戻って来なかったっていうのよ」

「なるほど面白い事件だね……だが」わたしはちょっと考えた。妹がこんなふうに電話してくるのはめったにないことである。「だがモード、そいつはただふらりとどこかへ行っちまっただけじゃないのか？　つまり、いったいどんな関係があると――」

「アンブローズをあの店へ連れていったからよ！」妹は叫んだ。「三度か四度はね。よくあそこで会ってたのよ」

どうやらモードは、手紙に書いてあったことから窺えるよりも、ずっと親しくモーティマー師とつきあっていたようだ。しかし当面はその話をくわしく聞き出そうなどという気はなかった。「その給仕だけど、お前はその子をよく知ってたのかい？」

「ええ、もちろんよ。あの店にいる人はみんな知ってるもの。名前はカルロス。おとなしくて礼儀正しい子だったわ。もう何度もテーブルに食事を運んでくれたの」

妹の声には、これまでほとんど聞いたことがないほどの動揺が感じられたが、その時すぐに安心させてやれる方法があるとも思えなかった。電話を切る前に、クリスマスに予定していた訪問を繰りあげることをわたしは約束させられた。なんとか都合をつけて、感謝祭に行けるよう努力してみる、それならあと一週間だけだから、ただし飛行機が満席だったら無理だよ、と妹に言いきかせた。

「ぜひお願い」と妹は言った。――昔のパルプ・マガジンなら、きっとこうつけ加えるところだろうが。「この事件の真相をつきとめられる人がもしいるとすれば、それは兄さんよ」でも現実には、わたしが七十七歳の誕生日を祝ったばかりだということ、おまけにふたりのうちずっと臆病なのはわたしのほうだということを、モードもわたしもよくわかっていた。だから実際にモードが口にしたのはこうだった。「兄さんの面倒でも見てれば気が紛れると思うの」

わたしは書斎なしでは一週間も生きてはいられまい。
——ラヴクラフト、一九二九年二月二十五日

つい最近までは同じことをわたしも考えていた。生涯にわたって本を集め続けてきて、何千冊もの本に囲まれながら、ついに一冊も手離すということがなかった。実のところ、半世紀近い期間ずっと同じウエストサイドのアパートに住み続けることになった一因は、この場所ふさぎの蔵書だったのである。

ところがいまわたしの腰かけているこの部屋にあるのは、何冊かの園芸の手引き書と、時代遅れのベストセラーが棚一段分、たったそれだけ——夢想の糧となるもの、手に取りたくてたまらない本など、一冊もない。それでもここで一週間を無事に過ごし、ひと月が流れ去り、ほとんどひとシーズン近くも本なしで生き延びてきたことになる。実のところ、ハワード、生きていくのになくても差し支えないものがどれほどあるか、きっと貴方は驚くにちがいない。マンハッタンに残してきた本については、わたしの亡きあと、誰か何とかしてくれることを願うばかりだ。

だが十一月のあのころは、けっしてこれほど淡々とした気持ちにはなっていなかった。出発を繰り上げた飛行機の指定席がうまく取れたため、ニューヨークにいられる期間はあと一週間もなくなっていた。残りの時間はずっと本に囲まれて——自分の書斎ではなく、入口にライオン像のある四

十二丁目の図書館で過ごした。ふたつの閲覧室はわたしと同年輩やもっと高齢の人たち、退職して時間をもてあましている人びと、寒さしのぎの貧乏人などの溜まり場になっていた。新聞をめくる者、座席で眠りこける者。そのうちには誰ひとり、わたしほど切羽詰まった気持ちでいたものはなかったにちがいない。ぜひとも出発までに調べておきたいこと、マイアミではどうにもならないことがいくつかあったのだ。

この建物になじみがないわけではなかった。もうずっと以前、ハワードが滞在していた折りに、ハワードの家系よりもりっぱな先祖がいないものかと、ちょっとした系譜学的な調査をしたことがあった。また、ギッシングの『三文文士』の貧乏作家たち同様、なんとか自活の道を開きたいと若い野心に燃えて、他人の作品を集めてきて論文をものそうとしたことも何度かあった。しかしそのあとは遠ざかっていて勝手がわからなくなっていたし、それでなくとも南アジアのほとんど知る人もない民族神話に触れた文献を見つけることなど、この地域について書かれた出版物すべてを読み通しでもしないかぎり不可能ではないのか？

最初はまさにそれをやろうとした。書名に「マラヤ」の文字のあるものすべてに目を通していったのである。虹の神の話、陽根を象った祭壇の話、〈タタイ〉と呼ばれる、つきまとって離れない何か疎ましいものの話。また結婚式のこと、〈死の棘《とげ》〉のこと、そして何百万もの蝸牛の棲《す》むある洞窟のこと。しかし、チョ・チョ族に触れたものも、その神々に関するものも、何ひとつ発見できなかった。

このこと自体、驚くべきことではあった。われわれの生きている時代にもはや秘密などは存在せず、十二歳のテリーでさえ自分用に魔術実践の手引き書を買えるし、『古代の秘められた知識の事典』などといった題名の本が、売れ残り処分品としてどの安売り店でも手に入るのである。二〇年代からのわたしの友人たちなら、なかなか認めたがらなかっただろうけれど、廃屋の屋根裏でぼろぼろになった古い〝暗黒の書〟を——つまり呪文や隠された知識の事典のたぐいを偶然手に入れるなど、もう陳腐な空想でしかないのである。たとえ『死霊秘法《ネクロノミコン》』が実在していたとしても、いまならリン・カーターの序文つきで、バンタム社のペーパーバックで出版されるにちがいない。

だからわたしが探し求める記録をやっと見つけ出したとき、それがじつに索漠とした形で、つまり謄写版刷りの映画台本の中にあったのも、驚くにはあたらない。

いや、台本と言うよりは映画から起こした筆記録と言ったほうが事実に近い。もとになった映画は一九三七年に撮影されたもので、いまはおそらく顧みる人もない資料室の中でぼろぼろになりかけているにちがいなかった。その筆記録があったのは、表紙が傷んでなくなってしまった本を保護するのに図書館で使う、リボンで結んだボール紙の箱の中だった。箱の中の本そのものは、モートンという牧師の書いた『マラヤの思い出』だったが、作者名からあるいは、と期待したわりに内容はつまらないものだった。映画の筆記録はその下にあって、どうやら誤って紛れ込んだらしかった。それでも、見かけはあまり期待できそうになく——九十六ページしかなく、印刷も悪く、錆《さ》びたホチキスで一箇所とめてあるだけだったものの、読んでみるとその手間は十二分に報いられた。題名のページは見あたらないが、もともとあったかどうか疑わしく、最初のページには映画の内容を簡単に、「記録映画――今日のマラヤ」と示してあるのみだった。そして製作費の一部は合衆国政府の補助金で賄われたことが記してあった。製作者名、あるいは製作団体の名称はあげられていない。政府がなぜ資金面での援助をする気になったかはすぐにわかった。かなり多くの場面でゴム農園の所有者たちが、アメリカ人の聞きたがりそうな発言をしているのである。誰かはわからぬ聞き手の「身のまわりで繁栄のしるしと実感できるようなものがほかに何かありますか?」という問いに対して、農園主のピアス氏がこう答えていた。「そりゃあ、生活水準を見てもらえりゃね――原地人の学校も良くなったし、新しいトラックが手にはいったし。何せデトロイトから入ったトラックだもの。ひょっとしたら自分で作ったゴムが使ってあるかもしれんよ」。

聞き手　日本人についてはどうです?　現在の市場で、日本は大事な国だと言えますか?

ピアス　そうだな、まあ買ってくれることはくれるんだが、わしらとしちゃ、あまり信用してないね。わかるだろう?（笑）　ヤンキー相手のほうが、ずっとありがたいさ。

こういった調子だが、筆記録の最後の部分はかなり興味深いものだった。このあたりに載っているいくつもの短いシーンは、完成した映画には全然使われなかったのにちがいない。ここにそのうちのひとつのシーン全体を引用する。

教会学校の遊び部屋――午後遅く

（省略）

聞き手　このマレー人の子供がスケッチしたのは〈シュー・ゴロン〉という悪魔の絵です。（少年に）この悪魔の吹いている楽器のことをちょっと教えてくれるかな。見たところ、ユダヤの「ショファー」という、雄羊の角で作った角笛に似ています。（再び少年に）だいじょうぶ、怖がることはないからね。

少年　吹いてるんじゃない。吸い込んじまうんだ。

聞き手　ほう――悪魔は角笛から空気を吸い込むんだって？

少年　角笛じゃない、角笛なんかじゃない。（泣きじゃくる）あいつ、あいつなんだ。

マイアミはたいして印象に残らなかった……。

――ラヴクラフト、一九三一年七月十九日

荷物の検査を済ませ、座席の番号も決まったあと、エレンやテリーと一緒に空港の待合室で待っていると、ある不安に襲われた。それは若い頃わたしをみじめな気持ちにさせたのと同じもので、時間がどんどん失われてゆくという感覚であった。このときそれを呼び覚ましたのは、離陸までに残されたその一時間という時間だったのだと思う。きまって何か別のことを考えているテリーと無駄話をして潰すには長すぎる時間だった。といって、やり残したのにいまふと気づいた用事を済ませてくるには短すぎた。

でも、テリーが役に立ってくれるかもしれない。「ちょっと頼みを聞いてくれないか？」テリーは意気込んで顔をあげた。この年頃の子供は誰かの役に立つことを喜ぶものだ。「ここに来るとき前を通った建物を覚えてるね？『国際線到着』の建物だよ」

「もちろん。すぐ隣じゃない」

「そうだ。でも見かけよりずっと遠いぞ。一時間であそこまで行って戻って来られるかい？ちょっと調べてきてもらいたいことがあるんだが」

「もちろんさ」と、もう席から立ちあがっている。

「いま思いついたんだが、あの建物の中にエア・マレーの予約受付がある。そこの誰かに尋ねてみてくれないか――」

「だめです」とエレンがさえぎって、きっぱりと言った。「莫迦げた用事のためにこの子に車道を走って渡らせたりできませんからね」エレンはテリーの言い分を聞こうとはしなかった。「それにもうひとつ、母さんと伯父さんが一緒にやっているゲームに、この子を巻き込んでほしくありませんからね」

それで結局、テリーとわたしが残って無駄話をしているあいだに、エレンが自分で行くことになった。わたしが〈シュー・ゴロン〉と書いて渡した紙きれを、エレンは胡散臭げな顔でもっていった。出発時刻までに戻ってきてくれるかどうか、わたしは確信がもてなかった（テリーが相当心配し出したのがわかった）。が、二度目の塔乗案内のアナウンスの前にエレンは戻ってきた。

「つづりがちがうって言われたわよ」

「誰に訊いた？」

「乗客案内のひとりで、若い女のひと。二十代のはじめかな。マレー人はほかにいなかったの。最初は何の名かわからなかったみたい。何度か口に出してみるまではね。何か魚の一種らしいとか、そうなの？　吸盤があって吸いつくような種類の、ちょっと大きい魚、かな。とにかくそのひとはそんなことを言ってたわ。母親の言うことを聞かなかったとき、よくこの名をもち出して脅かされたんだって」

エレンの聞きちがい――いや、おそらくはその女性のまちがいだろう。「子盗り鬼みたいなものかな？　それならわかるんだが、でも、魚って言ったね？」

エレンは頷いた。「でも、あのひとがそれほどくわしく知っているとは思えないわ。なんだかちょっと戸惑ったみたいだったもの。何かわたしが品の良くないことを訊いたとでもいうみたいにね」待合室にスピーカーから、最終の塔乗案内が流れた。エレンはわたしを立ちあがらせながら、まだ喋《しゃべ》っていた。「そのひとはマレー人とはいっても、出身地は海岸沿いのどこかで――マラッカっていったかしら？――三、四ヵ月前に来て尋ねてくれたら良かったのにって言ってたわ。夏のあいだ交替に立った人は、チョーチャだか――チョチョ？――だかの血が混じってたからって」

列が短くなってきていた。わたしはふたりに、無事感謝祭が迎えられるようにと別れの言葉を言い、飛行機のほうに向かった。

眼下には雲がなだらかな起伏を連ねており、わたしはそこに峰のひとつひとつ、水に浸った灌木《かんぼく》の一本一本までも見る思いで、陰の部分には獣の目さえ光っているような気がした。いくつかの谷間には、地図に見る川のように不規則な黒い線が走っていた。少なくともその川の水だけは本物だった。そこは雲の堤が裂けてわかれ、下の暗い海面をのぞかせていたのである。

飛行中ずっと大事な機会を逃がしてしまったと感じていた。わたしの目的地が、いわば最後のチャンスなのだという感覚。四十年前ハワードが世を去ってからも、わたしは依然として彼の影の中で自分の人生を生き続けた。ハワードの書いた物語がわたしの物語に影を落としていたことは確かだ。そしていま、このわたし自身までも彼の物語のひとつに閉じ込められているのが明らかになったのである。ここ、地上何マイルもの上空で、大いなる神々の鬩《せめ》ぎあいをわたしは感じる。しかし、下界では、戦《いくさ》はすでに敗れてしまっているのである。

わたしのまわりの乗客たちさえ、仮面劇に加わっているのではないかという気がした。口達者で何か妙な臭いのした小柄な乗客係、こちらを見つめて目をそらそうとしない子供、隣でだらしなく口を開けて眠りこけている男。機内サービスの雑誌から破り取ったページを、くすくす笑いながら寄こしたのはこの男だった。それは「十一月のパズル」というページで、たくさんの点と驚いて見開いた目が描かれており、「感謝祭に現れたらとても感謝なんかしていられないものって何だろう？ 点を結んでみてください」とあった。その下に、「ユダヤ共済組合、歌の祭典を主催」という記事とビーチ・クラブの広告のあいだになかば埋もれたかっこうで、ちょっとしたローカル・ニュースの記事があり、それでまた、あれこれ思いめぐらすことになった。

尾ヒレのついた旅行ダン

（「マイアミ・ヘラルド」紙より転載）ご主人が帰宅して、うちの前を魚の群れが横切っていったのを見た、なんて言っても、息が酒臭いかどうか調べたりしないこと。それは事実かもしれないのだから！ マイアミ大学の動物学者の話では、この秋は記録的な数のナマズが移動するだろうとのことで、南フロリダでは水辺から何マイルも離れた地面を、このひげを生やした連中が何百となくのそのそ這《は》ってゆくところが見られるかもしれない。大きさはふつう仔猫以下だが……なしでも生きて……

隣の男が荒っぽく破り取っていたために、記事の終わりまできちんと読むことはできなかった。男は眠ったまま身動きし、唇をもぞもぞ動かした。わたしは横を向き、窓に頭を押しつけた。脚のように突き出たフロリダ半島が見え出したところで、幾すじもの運河が血管のように走っている。機は身を震わせると、すべるようにそこへ向かって行った。

モードはもう出口で待っており、黒人のポーターが荷物運搬用の空のカートをもってそばにいた。地下の荷物受け取り口で旅行カバンが出てくるのを待つあいだに、モードはサン・マリノの事件のその後の状況を話してくれた。少年の死体が遠くの海岸に打ちあげられているのが発見され、肺が口と喉に引き出されていたというのである。「裏がえしになってね。想像できる？　ラジオは朝のあいだずっとそのことばっかり。煙草の吸いすぎで出る咳の話とか、どんなふうに人は溺れ死ぬかとか、ぞっとするようなことを医者が話してるテープを流したりしてね。しばらく聞いてただけで、もう耐えられないくらい」。ポーターが荷物をカートに載せ、モードとわたしはその後について夕クシー乗り場に向かった。モードは杖を使って、話にさかんに身振りをまじえていた。モードがいかに老け込んだかに気づかなかったなら、わたしは興奮ぎみでいたほうがモードに合っているんじゃないかと思ったことだろう。

わたしたちはタクシーの運転手に言って遠回りし、ポンパノ・キャナル・ロードを西へ走ってもらった。三一一番地で停めてもらうと、そこは、おそろしく汚い水遊び用のプールを取り囲むように緑色のみすぼらしい小屋が九つ並んだうちのひとつで、プールのそばのセメントの鉢には枯れかけの椰子の木が一本力なく生え、まるでオアシスを茶化しているみたいだった。ともかくもこれが、アンブローズ・モーティマーの最後に住んでいた家というわけだった。妹はほとんど口をきかなかったが、ここに来たのはこれが初めてだという言葉をわたしはそのままに信じた。通りの向こう側には、運河の油ぎった水がぎらぎら光っていた。

タクシーは東に向きを変えた。いつ果てるとも知れず、次から次へと通り過ぎてゆくホテルやモーテル、分譲アパート、セントラル・パークほどもあるショッピング・センター、貝殻を入れた籠やプラスチックの動く玩具を店先に並べた看板のほうが大きいくらいのみやげもの屋。前庭に出したキャンバス地のビーチ・チェアにかけて通り過ぎる車に目をやったりしている男女は、わたしぐらいの年だったり、もう少し若かったりする。男女の区別はなかなかつかず、高齢の女性でわたしと同じくらい頭の薄い人もいたし、男たちの着ている服も、珊瑚《さんご》やライムや桃の色があった。通りを横切ったり、歩道を歩いたりする人たちの動きはひどくゆったりしていて、車もそれに近い速度でのろのろと走り、四十分近くもたってやっと、パステルオレンジのよろい戸のついたモードの家に到着した。二階には、引退した薬屋が妻と暮らしていた。ここでもやはり、その区画ぜんたいにある種のもの憂さが漂い、まもなくわたしもそのもの憂い気分に、過ぎ去った日々への悔いを残しつつ、浸りはじめるであろうことはわかっていた。身うごきをやめるべき時に向かって生命がしだいに歩みを遅くしつつあり、タクシーのエンジン音が遠く消え去ってしまえば、動いているものといえば、ただ窓ぎわの箱の中でゼラニウムが、とても感じとれないほどの微風にかすかに揺らいでいるばかりだった。

空陽気《からようき》が続いた。朝は冷房のきいた妹の家の居間で過ごし、昼は妹の友人たちと、やはり冷房のきいたコーヒー・ショップで食事。午後うっかり眠り込むと、日覚めたあとはきまって頭痛。夕方は散歩に出て、夕陽を見たり蛍を見たり。隣の家のブラインドの裏に映るテレビの画面。夜の雲間にわずかにのぞくぼんやりとした星の光。昼の陽射しを受けて熱くなった舗道を駆け抜けたり、大胆にも敷石の上で陽を浴びている蜥蜴《とかげ》。妹の小部屋の油絵の具の臭い。絶えまなく庭に聞こえる蚊の羽音。エレンから贈られた妹の日時計、その縁にテリーが書いた言葉。サン・マリノでの昼食、なにげなく後ろを見やれば、観光客の立ち寄るようになったドック。ハイアレアにある図書館の分館で旅行書の棚を調べて過ごしたある日の午後。向かい側のテーブルでまどろむ老人、学校に出すレポートのために懸命に百科事典を写し取っている女の子。感謝祭の晩餐、エレンとテリーにかけた半時間もの電話、週末まで七面鳥が食べられそうな期待。さらに何人かの友人の家の訪問、図書館で過ごす一日。

しばらくすると退屈でたまらなくなってしまい、かすかな衝動にせき立てられるように北マイアミのバークリー・ホテルに電話をかけ、部屋を二晩予約した。たいして意味のあることではないから、いつの予約だったかは覚えていない。ただ、週の中ごろだったのはまちがいない。女主人の話では「シーズンのまっただなか」で、新年のかなり先まで週末はずっと満室になるというのだった。

妹は一緒にクレブラ・アヴェニューへ行くのを断った。逃亡中のマレーシア人が泊まっていた場所へ行ってみるなど、妹には何の魅力も感じられず、自らその場所で実際に寝起きしてみることで、警察には摑めなかった何らかの手がかりが得られるかもしれないなどという、パルプ小説めいたわたしの空想につき合う気にもなれなかったのである。(『著名な『暮地の彼方に』の作者のおかげをもちまして……』)わたしはひとり、図書館の分館で借りた五、六冊をもってタクシーに乗った。本を読むほかは、何の計画もなかったのだ。

バークリー・ホテルは日干しレンガ造りの二階建て、ピンク色の建物で、屋上にある古びたネオン・サインの上に厚くつもった埃《ほこり》が、昼すぎの日の光の中にくっきりと見えた。その街区には右も左も同じような建物が並んでいたが、ひとつ目を移すたびにますます見すぼらしくなるといった具合だった。バークリー・ホテルにはエレベーターがなく、しかも一階には空部屋がないと聞いてわたしはがっかりしてしまった。階段は見るからに昇り降りしづらそうだったのだ。

一階の事務室で、なるべくなにげないふりをして、あの有名なジャクトゥ氏はどの部屋に泊まっていたんですかと尋ねてみた。できればその部屋に、それが無理ならせめてその近くにしてもらいたいと、本当にそう思っていたのである。だが、またもやわたしは失望させられる運命にあった。受け応えもうわの空の、カウンターにいる小柄なキューバ人は六週間前に雇われたばかりで、その事件のことは何も知らないと答えた。覚束ない英語でその男が説明するには、女主人のツィマーマン夫人という人はニュージャージーの親戚を訪ねて行ったばかりで、クリスマスまで戻らないだろうということだった。どうやら尋ねたことに関して噂話を心配する必要だけはなさそうだった。

これを聞いて、半分予約を取り消したい気持ちになった。だから正直言うとそのまま泊まったのは、取り消しては悪いと思ったからというよりも、二日間モードと離れて暮らしてみたいと思ったからだった。もう十年近くも自分の思うように暮らしてきたモードとの生活には、ちょっと苦しい部分もあったのである。

キューバ人の後について、スーツケースが規則的なリズムで男の脚にぶつかるのを見ながら二階へあがり、廊下を抜けて裏側に面した部屋に案内された。部屋には塩気まじりの空気の臭いや、髪油の臭いがうっすらと籠もっていた。たるんだベッドはもう幾晩、そこに横たわった人々の休日をみじめなものにしてきたことか。セメント造りの小さなテラスから、庭とその向こうの空の駐車場が見えたが、駐車場はひどく雑草がはびこっているし、庭の芝生も刈り込まれないまま長く伸びているため、どこまでが庭でどこからが駐車場だか、よくわからないほどである。そして境い目のどこか真ん中あたりから数本かたまって立っている椰子の木は、不自然なほど細くて高く、こわばったような葉がほんのわずかに天辺を飾って何とか面目を保っていた。まわりの地面にはココナッツがいくつも転がって腐りかけていた。

最初の晩、近くのレストランで食事をして戻ったときに見えたのもこの光景だった。ひどく疲れを覚えたので、すぐに部屋に寝に入った。夜は涼しく、冷房を入れる必要はなかった。大きなベッドで横になっているわたしの耳に、隣の部屋で人の動く音が聞こえていた。そして通りを行くバスの音、風に吹かれて椰子の木の葉の擦れあう音。

つぎの日の朝、わたしはいくらか時間をかけて、ツィマーマン夫人が戻るまで預ってもらうつもりで、夫人あての手紙を書いた。コーヒー・ショップまでかなり歩いて昼食を済ませてきたあと、ひと眠りし、夕食のあとでまた眠った。それから、あまり静かで淋しいのでテレビをつけ、部屋の反対側から湧き起こる騒々しい音に包まれて、ナイトテーブルに積みあげた本に目を通していった。これは旅行書の棚から抜き出した最後の数冊で、ほとんどの本も、三〇年代以来貸し出されていなかった。興味を惹くような記述は、少なくとも一度調べたあいだには見つからなかった。が、あかりを消す前になってその一冊、E・G・パタースン大佐の回顧録に索引がついていることに気がついたのである。〈シュー・ゴロン〉という名前の悪魔はいくら探しても載っていなかったが、つづりの少しちがう形で参照ページがあるのを見つけた。

著者は、もちろんずっと以前に死んでしまっているだろうが、その生涯のほとんどを東洋で過ごしていた。しかし東南アジアへの関心は低く、そのせいか問題の記述は短いものだった。

……伝承の豊かさ、多彩さはすばらしいものではあるが、この民族にはマラヤの〈シュグオラン〉に似たものはまったく伝えられていない。これは一種の子盗り鬼で、ききわけのない子供を脅かすのに使われるものである。その姿形については地域によりさまざまに異なった説が多くあり、なかには卑猥《ひわい》とさえ言えそうなものも見られる。〈〈オラン〉はもちろん『人』の意。〈シュグ〉はここでは『嗅ぐ』『調べる』の意だが、もともとの意味は『象の鼻』）シンガポールのトレーダーズ・クラブにあるバーに何かの皮がぶらさげてあったのを筆者はよく記憶しているが、慣習ではその皮は、この架空の生き物の子を表すものとされている、ということである。その翼は黒く、ホッテントット人の皮膚のようであった。戦後まもなくジブラルタルへ戻る途中の軍医が立ち寄り、しかるべき検査をしたのち、それはかなり大きなナマズの皮を干したものだという意見を述べたが、どこからも異論は出なかった。

わたしは眠れるようになるまであかりをつけたまま、風が椰子の葉を鳴らし、部屋ごとについたテラスの列を吹き抜ける音を聴いていた。あかりを消したとき、窓に黒い人影が見えるのではないかと半分本気で思ったが、詩人の言ったように、夜のほかは何も見えなかった。

つぎの朝、荷物をカバンに詰めてホテルを出た。二晩の滞在は結局無駄だった。家に戻ってみると、モードは興奮して二階の薬屋だった男と言い合っていた。妹はかなりひどい状態で、朝からずっとわたしをつかまえようとしていたのだと言った。起きてみると寝室の窓際の花を植えた箱がひっくり返り、窓の下の植え込みが踏み荒らされていたのだ。家の外壁にはひっかいたような大きな跡が数ヤードの間隔をおいて二本、屋根からまっすぐ地面に向かってついていた。

ああ、まったく月日の経つのはなんと早いことか。もう切れ味の鈍り出す中年とは——つい昨日までわたしは若く、意欲に溢《あふ》れ、じわじわと開けゆく世界の神秘に畏怖《いふ》を感じていたものなのに。

——ラヴクラフト、一九二六年八月二十日

これ以上書き記すべきことはほとんどない。ここで物語は退行しはじめ、関連づけられるかもしれないし、関連づけられないかもしれない個々の断片を、何の手も加えずに集めただけのものに変わってしまう。パズル好きを自認する方々への、これはひと組のパズル——でたらめに打たれたいくつもの点、そしてその真ん中には、大きく見開いた眼がひとつ。

もちろん妹は、その日のうちにインディアン・クリークの家を出て、マイアミの市街地のホテルに部屋をとった。さらにそのあと内陸部に移って、沼沢地方から数マイル、幹線道路から少し入ったところにある九軒の緑色をした漆喰仕上げのバンガローの三軒目に友達と住んだ。わたしはそのバンガローの小部屋に腰をかけてこれを書いているのである。友達の死後、妹はここにひとりで暮らし、仲間で芝居を観るとか、年に一、二度の買い物に行くとかいった特別な用事のある場合だけ、マイアミまで四十マイルをバスに乗って出かけて行った。それ以外に必要なものは、すべてこの町で間にあったのである。

ニューヨークに戻って風邪をひいてしまい、その冬はずっと病院のベッドで過ごすことになった。エレンやテリーは、期待したほどそうたびたび訪ねてきてくれはしなかった。もちろんブルックリンから車でやって来るのも、莫迦にならない仕事だったけれど。

わたしぐらいの年齢になると、病気から回復する速度は若いころよりずっと遅い。これはある程度長生きをすれば、誰でも味わわされる辛い事実だ。ハワードの生涯は短かったが、最後には彼も理解していたと思う。三十五歳のときのハワードなら、友人のひとりが「若さに焦がれている」のを嘲笑《ちょうしょう》することもできたが、その十年後、彼は自分自身の若さが失われてしまったのを嘆くようになった。「月日が経てば思い知らされる」とハワードは書いている。「君たち若者は、どれほど自分が恵まれているか、わかっていないんだ！」

年老いてゆくとは、いかにも大いなる謎である。でなければどうして祖母の日時計を、テリーがあんな甘ったるいたわごとで飾ったりするだろうか？

われとともに齢重ぬべし
盛りに未だあらざれば

確かにこれは日時計によく見かける文句だ。だがそれを正確に覚えていなかったのか、テリーはこう書きつけていた。「盛りはいよいよ来たるべし」――いまのわたしはこの文句に不吉なものを感じとらずにはおられず、歯の根が合わぬ思いがする。もとより根の生えた歯など、もう残っていないにしても。

春のあいだわたしはほとんど室内で過ごし、みっともない料理を自分でちょっと拵《こしら》えたり、前から考え続けていた文学上のアイデアをなんとかできないかと無駄な努力を重ねたりしていた。自分の書く速度がいかに衰えているか、いかに大きな変化が生じたかを知らされるのは苦しいことだった。そんな気分にいっそう拍車をかけたのは、妹が『インクワイアラー』誌に見つけたかなりいかがわしい物語を送ってきたことで、スウェーデン人の水夫の部屋の舷窓《げんそう》から「掃除器のホースみたいなもの」が忍び込んできて「水夫の顔をすっかり紫色にしてしまう」ような話の冒頭に、「どう？　ラヴクラフトの物語そのものじゃない？」などと書きつけてあるのだった。

意外にもツィマーマン夫人からの手紙を受け取ったのは、そのあとまもなくだった。その手紙には、わたしの問いあわせの手紙がどこかに紛れ込んでしまい、「春の大掃除」の時期まで見つからなかったことへの謝罪が、必要以上に繰り返し書いてあった（春でもいつでも、あのバークリー・ホテルで掃除らしきものが行われるなど、ちょっと想像しにくいことだったけれど、まあこんなに遅い返事でも来ないよりはましだった）。「行方不明になられた牧師様が、お客様のお友だちでいらっしゃったとうかがい、心を痛めております。さぞ、ご立派なお人柄であられたことでしょうに。

「〝詳しい事情〟を、とのお問いあわせですが、お手紙からは、事件のあらましはよくご存じのようにお見受けいたします。実を申しまして警察に申し述べました以外にはお話しできるようなことは何もございません。警察が何から何まで新聞に流したとは思っておりませんけれど。わたしどもの記録では、ジャクトゥ様の到着されましたのはかれこれ一年前になります六月の末、戻られなくなったのが八月の最後の週で、一週間分の部屋代が未払いとなっておりますほか、いろいろな形での被害を被らざるを得ませんでした。この損害を償っていただけるとは、わたしどももあまり考えておりませんが、マレーシア大使館には一応書面で連絡いたしました。

「ほかの点ではちゃんとしたお客様で、それまでの部屋代もきちんと払ってくださいました。また、ほとんど部屋に籠もってばかりおられて、例外はときどき裏庭を散歩されるのと、食糧を買いに出られる時ぐらいでした（何度も室外でお食べになるようお勧めしたのですが、そのやり方をけっして変えようとなさいませんでした）。ただひとつご遠慮いただきたかったことと申しますと、真夏のころ、わたくしどもの存じあげぬうちに、黒人の小さな子供と一緒に暮らしておられたらしいとです。メイドのひとりが部屋の前を通るとき子供の唄声を聞いたのでわかったのですが、唄の文句は理解できず、ヘブライ語かもしれないと申しておりました（そのメイドは可哀想にすでに身罷《みまか》りましたが、読み書きはろくにできませんでした）。つぎにメイドが部屋を片付けに入ったとき、ジャクトゥ様は、あれは自分の子だとおっしゃったそうで、メイドは浴室からその子供が見つめているのがちらりと見えたため、部屋を出たと申しておりました。メイドの話では、その子は裸だったそうです。お客様がたの道徳につきましてあれこれ申しあげるような立場ではないと感じておりましたので、あのときはそこまで話しておりませんでした。どちらにいたしましても、その後その子供を見かけることはありませんでしたし、部屋がまったく衛生的で、つぎのお客様を安心してお迎えできることを確認いたしております。こう申しあげるのも何ですが、わたくしどもの設備につきましては、いまだかつてお叱りを頂戴したためしはなく、最高級のものを取り揃えたと自負いたしております。お客様におかれましてもきっとご満足いただけたことと信じ、このつぎフロリダへおいでの節は、ぜひともまたわたくしどもをご利用くださいますよう、お願い申しあげます」

残念ながら、その次フロリダを訪れたのはその年の冬の終わりに、妹の葬式に出るためだった。そのときはまだ知らなかったのだが、死の前の年、妹はほとんどずっと健康状態が良くなかったのである。それでも、わたしは一連のいわゆる〝出来事〟のことを考えずにはいられない――南フロリダに住むひとり暮らしの女性の家を狙ってわけのわからないような狼藉を働くというもので、犯人の正体が不明のまま、事件報告ばかりがたまっていったが、そのような〝出来事〟が妹の死期を早めてしまったような気がしてならない。

妹の身辺の整理と葬式の手配のためにエレンと一緒にここへやって来たとき、財産の処分のためにわたしがここに残るとしても、せいぜい一、二週間のつもりだった。なのになぜかエレンが帰ってしまって相当日が経ってからも、ずるずると滞在を続けた。あるいは、ひとつ年をとるごとにますますきびしく身体にこたえるようになってきたニューヨークの冬を思って、戻る勇気がなかっただけのことかもしれない。それに、結局、この家を売る気になれなかったのだ。もしこの家が罠だったとしても、わたしは覚悟を決めている。これまでもずっとそうだったが、引っ越しはわたしの性に合わない。この小さな部屋に飽きがくれば――現にいまそうなっているが――ほかにどこへ行けばいいのか、まったくあてなどはない。わたしは自分の見たいと思った世界は、すっかり見てしまったのである。この簡素な部屋がいまはわが家――そして最後の家になるにちがいない。壁のカレンダーを見ると、ここに来てからそろそろ三ヵ月になることがわかる。残りのページのどこかに、わたしの死の日付があるだろうことはわかっている。

先週より、〝出来事〟にはまた新たな事件がつけ加えられはじめた。なかでも昨晩のものは、これまでになく刺戟的なものであった。わたしは朝のニュースを、ほとんどそのまますらすら言えるほどに覚え込んでしまっている。昨晩、真夜中を少し過ぎたころ、サウス・プリンストン、アリッサム・テラス二十四番地に住む主婦、フローレンス・キャヴァナー夫人が自宅の居間のカーテンを閉めようとしたところ、窓から何者かが室内を窺っていた。ナイトガウンを着ただけの夫人はあとじさりして悲鳴をあげ、その声を聞いて隣の寝室で寝《やす》んでいた夫が駆けつけてみると、窓の人影はもう消えていたというものである。夫人によるとその不審な人物は、「ガス・マスクかスキューバ・ダイビングの装置をつけた大きな黒人の男」だったという。

地元警察は「スキューバ」説に賛成らしい。それは窓の付近に、かなり体重のある男が潜水用のひれをはいてつけたかと思えるような足跡が見つかったためである。しかし水辺から遠く何マイルも離れた場所で、なぜ潜水用具を身につけねばならないのかという点では、満足のいく説明は行われていない。

ニュースのしめくくりは、きまって「キャヴァナー夫妻からは、会ってコメントを貰《もら》うことはできませんでした」というようなことだった。

この事件にこれほどの関心を——ともかくも、いまあげたような細かい点まで暗記できるほどの関心をもったわけは、キャヴァナー夫妻をよく知っているからだ。じつは、夫妻の家はすぐ隣なのである。

老作家の自分勝手な思い込みと受け取られても仕方がないが、それでもやはり、昨夜の男の訪問はわたし目当てのものだったという気がしてならない。ここの緑のバンガローは、暗い中ではみな同じように見えてしまうからだ。

そしていま、外の闇はいくらかまだ消え残っている——誤りを訂正する時間はまだあるし、わたしはどこへも行きはしない。

いやむしろ、わたしのような生き方をしてきた人間にとって、これはふさわしい最期と言うべきではないか——他人の物語の幕切れに、こうして吸い寄せられてゆくというのは。

われとともに齢重ぬべし
盛りはいよいよ来たるべし

ハワード、教えてくれ。時間は、あとどれほど残されているんだね？　順番が巡ってきて、窓にへばりついた黒い顔と向きあうことになるまでに？

（福岡洋一＝訳）

アルソフォカスの書

H・P・ラヴクラフト&M・S・ワーネス

The Black Tome of Alsophocus
Howard Phillips Lovecraft & Martin S. Warnes

わたしの記憶はすっかり混乱してしまっている。記憶がどこから始まっているのかさえ、さらに疑わしいのである。振り返ってみれば、ぞっとするほどの長い年月がわたしの背後に連綿と続くように思われたり、現在の瞬間が混沌《こんとん》とした灰色の無限の中の孤立している一点にも思われたりするからなのだ。今わたしがこのメッセージをどのようにして伝えているかさえはっきりしない。自分が何かを語っているのは意識しながらも、一方では自分の話を聞いて欲しいと思うところまで届かせるには、何か異様な、ことによると恐ろしい仲介が必要なのではないかなどと、ぼんやり感じているのである。自分の正体もすこぶる曖昧《あいまい》である。過去に強烈なショックを受けたらしいのだ――他に類を見ないほど不思議な出来事を繰り返し経験していくうちに、こんな奇怪きわまることが起きたのであろうか。

この異様な経験というのも、もとはといえば、無論あの虫の食った古書に端を発するのだ。今でもあれを見つけた時のことを憶えているが、薄暗い灯のともった場所で、近くに油の浮いた黒い川が流れ、川の上にはいつも霧が渦巻いていた。ひどく古ぼけた建物で、窓のない奥の部屋やアルコーブの壁に、朽ちた書がぎっしり詰まり、天井まで届く書棚が埋め尽くしていた。その上にも、床の上や粗末な石炭置き場に雑多に積み上げられた大きな書物の山があった。わたしがその書を見つけたのもそうした山積みの一つからであった。表紙が取れてなくなっていたので題名はわからなかったが、手に取ってみると自然に頁が開いていき、チラリとわたしの目を捕らえたものがあった。わたしは激しい動揺を覚えた。

術式であった。祭儀の時に必要な呪文と動作を書きつらねたもので、禍々しい禁断のもののようであった。わたしは、宇宙に秘匿されている謎を追求した古《いにし》えの奇矯な探索者たちの著作の、ぼろぼろに朽ちた頁をむさぼるように読むのが楽しみだった。この嫌悪と魅惑がないまぜになった秘密の文書の中に記されてあることこそ、このことだと思い当たったのだ。これぞ人類の歴史が始まって以来神秘家が夢想し、ささやき交わし続けてきたある関門、別世界への入口へ導く鍵なのだ。すなわち、我々の知る三次元や生命と物質の領域を超えた自由と発見をもたらすものなのである。だがここ数世紀のあいだというものその内容の重大さを想い出した者も、どこにあるかも、わからなかったが。それにしても、なんとも古い書物ではあった。印刷されたものではなく、半ば狂った修道士が書いたものか、不吉なラテン語の章句を恐ろしく古色蒼然たるアンシャル書体で書き写したものだった。

わたしがその本を持って帰ろうとすると、老主人が横目に見て忍び笑いをし、手を上げて妙な印を結ぶのだった。老主人は代金を受け取ろうとしなかったが、その理由はずっと後になってはじめて了解されたのである。狭く曲がりくねり、霧につつまれた海岸通りを我が家へと急いでいると、誰かが足音を忍ばせて、ひそかに後をつけてくるような恐怖感に襲われた。両側に並ぶ、何世紀も経て崩れかけた家々が、生々しくも病的な悪意を持った生き物のように見え、まるで、それまで閉ざされていた邪悪な知識の通路が、突然開かれたようであった。廃屋の壁や、頭上にそそり立つ白かびが浮いた煉瓦《れんが》造りの切妻、きのこが生えた漆喰《しっくい》や梁《はり》、薄気味悪くうかがい見る目のような菱形のガラス窓、それらのすべてが今にもわたしに詰め寄ってきて、押し潰したいのを押さえかねているように思えたのだ。……わたしが本を閉じて持ち出す前に一読したのは、瀆神《とくしん》的な秘密の文言のほんの断片に過ぎなかったのに。

忘れもしない——わたしは、それまでずっと風変わりな探究にふけるのに使ってきた屋根裏部屋に鍵をかけて閉じこもり、蒼白の顔をして、遂にこの本を読み上げた。わたしが、ここへ上がってきたのは真夜中を過ぎていたので、大きな屋敷は静まり返っていた。当時、わたしには確か家族もいたはずだが、詳しいことは定かではない。召し使いが大勢いたことも記憶している。果たしてそれが何年であったのかは見当もつかない。その時以来、数知れぬ歳月と次元をめぐり、わたしの時間の観念はすっかり消滅し、作りかえられてしまったのだ。確かその書を読んだのは蠟燭《ろうそく》の灯の下で——蠟涙が絶え間なくしたたり落ちていた——時折、遠くの鐘楼から鐘の調べが聞こえていた。わたしは鐘の調べの合間に、ずっと遠方から割り込んでくる別の音が聞こえるのではないかと戦《おのの》きながら、特に注意を払って鐘が奏でる調べを追っていたように思う。

　街の軒並みをはるかに見下ろす明かり取りの窓を掻《か》きむしり探り回る音が聞こえてきた。初めて聞こえたのは最も重要な詩句の九行目を朗誦《ろうしょう》していた時のことであった。わたしは戦きつつも、詩句の意味を悟ったのだ。かの門を入りたる者はすべからく随身を得るべし。その後は絶えて独りたるを得ざるべし。つまりわたしは霊を召喚したのだ。この書物こそは正に私の推測通りのものであった。その夜、わたしは関門を抜け時間と幻夢の絡み合う渦の中へと入っていった。翌朝を屋根裏部屋で迎えたわたしは、壁にも棚や家具、調度の中にも、以前には見たこともないものを見たのだ。

　それに、これまでと同じように世界を見ることが二度とできなくなってしまったのである。現在の情景には必ず、少しばかりの過去とわずかばかりの未来が混ざり合っている。かつて馴《な》れ親しんだものがすべて、異質なものとして、私の拡がった視野がもたらす眺望の中では、ぼんやりと浮かんで見える。それからずっと、知られざる、あるいは半ば知られた幻影が織りなす奇異な夢の中を歩み続けている。新しい関門を越えるたびに、長い間わたしを拘束していた狭い領域に属する事物を、はっきり見分けることができなくなっていった。わたしに見えるものが他の人間には見えない。だから狂人だと思われたくないばかりに、一層寡黙に、よそよそしくなっていったのだ。犬はわたしを恐れた。犬には、わたしの傍を決して離れない尾行者がわかるのだ。それでもわたしは、新しく開けた心眼の導くままに、忘れ去られた秘密の書物や巻物から、さらに多くのことを読み取り、未知の宇宙の核心に向かって、空間と存在と、生の様式の新しい関門を次々と押し開けていったのであった。

床の上に炎で五重の同心円を描き、一番内側の円の中に立って、韃靼《だったん》の使者がもたらした奇怪な連禱《れんとう》を唱えていた夜のことである。四方の壁が次第に消え失せ、わたしは一陣の黒い風にまかれて、何千メートルも下に針のような高峰をいただく山脈を沈めた、底知れぬ淵《ふち》を次々に通り越えて運ばれていった。しばらくするとあたりは真の闇となり、次いで無数の星がこの世のものならぬ不思議な星座を織りなして輝きはじめ、やがて、はるか下の方に、緑に輝く平原が見えてきたのだ。平原の上には都市があり、ねじくれた塔が建ち並んでいるのが、はっきりと見分けられた。その建築様式は、今までに見たことも書物で読んだこともなく、夢に見たことさえないものだった。風に乗って近づいて行くと、空地に石造りの大きな四角い建物が建っているのが見え、同時に身の毛がよだつような悲鳴をあげ、もがき、その後は何もわからなくなってしまった。気がつくと、もとの屋根裏部屋で、床の上で燐光《りんこう》を放っている五重の輪にかぶさって、うつ伏せに倒れていたのであった。

その夜の彷徨《ほうこう》が、以前に幾度も経験した夜の旅に比べて、特に異様であったわけではない。しかし、恐怖だけは比べものにならなかった。異次元の深淵《しんえん》や世界に、かつてないほど近寄っていたことがわかったからだ。それからというもの、呪文を唱える時にはもっと用心するようになった。未知の奈落の底で、わたしというものが自分の肉体や地球から切り離され、二度と戻れなくなるのは真っ平だったから。

慎重を期していたにもかかわらず、見馴れた情景を把握する能力は次第に無窮の空間の中に溶け込んでいき、代わって、新しい不浄な幻影が現れてきた。目にうつる現象のすべてが非現実的で、幾何学的《きかがく》にも乱れているように感じられる。聴覚的にも影響が顕れ、遠くの鐘楼が奏でる鐘の音が以前にも増して不吉で、恐ろしいまでに精妙な調べをおび、あたかも拷問《ごうもん》に悶《もだ》えあえぐ亡霊どもが永遠に叫び続ける地獄の底よりのぼってくるかと思われた。日を経てわたしは周囲の現実とも、地上の光景ともかけ離れ、永劫《えいごう》たる時よりも遠ざかった、名状しがたき者どもに囲まれて住むこととなった。時間は固有性を失い、この書を入手する前には知っていた人々や様々な出来事の記憶がどれほどの努力を払おうとも、仄暗《ほのぐら》い非実在の霧の彼方《かなた》へと押しやられてしまうのだった。

そんな毎日を過ごしていたある日のこと、初めてその声を耳にした。無気味で非人間的な歯擦音は暗黒宇宙の外側から発せられたものであった。彼処は無定形の存在が飛び跳ねながら、数えきれぬ時代にも及ぶ時を経て朽ちかけた悪臭をまきちらす巨大な黒い偶像の前で踊り狂っているのだ。声が聞こえ始めると怖気《おじけ》をふるうような幻影が現れた。黒色と緑色に輝くふたつの恐るべき妖星《キメラ》が、地上との交わりを振り切るかのように遥かに高く積み上げられた段上にそそり立つ邪悪な城砦や巨岩碑《モノリス》を照らし出すのだ。だが、こうした夢幻的情景も、後にわたしの意識を蝕《むしば》むこととなる恐るべき巨像に比べればものの数ではなかった。その時の光景は今となっても、明確に思い出す勇気がないほどなのだ。そのことを考えると何よりも先に脳裡《のうり》に浮かび上がるのはあの巨像の信じられぬほどのサイズなのである。巨像はまるで自らの知能を持っているようで、悪意に満ち、堕落を餌として生き永らえるかのように触手をふるわせ、脈動を繰り返していた。その周囲を極悪非道の化身とも見まごう幽鬼のような怪物が踊り狂い、濁声《だみごえ》を張り上げては唱い続けるのだ。“Mwl'fgah pywfg fhtagn Gh,tyaf ngyf lghya"

右のごとき恐怖の妄想は彼方からの投影と等しく、わたしに憑《とりつ》いて片時も離れようとはしなかった。

それでもなおわたしは、秘められた書物や巻物を読み耽《ふけ》り、さらに暗い関門を通過して未知なる領域へと分け入っていった。異次元で暗黒の種族が教えてくれた忌まわしい秘術は、どんなに想像力を欠いた者すら考えただけでひるんでしまいそうな術であった。

ところで、この書の題名を究明したのはある夜更けのことであった。屋根裏部屋で内容の込み入った箇所を精読していると、この神秘に満ちた書物に一条の光明を射す一節に行き当たったのだ。

「ナイアルラトホテップは時《とき》間と空《そら》間を越えてシャールノスを支配す。彼神《かれ》、巨《おお》いなる黒檀の宮殿にありて寵臣《ちょうしん》にかしずかれ、地球への再臨を待望しつつ暗黒の夜に鬱々と思い悩むなり。

「何人《なんびと》たりともナイアルラトホテップに関わる呪文、魔術を弄《もてあそ》ぶなかれ。彼神《かれ》、軽率なる輩とみれば躊躇《ためらい》なく其を陥れるが故《ゆえ》なり。無知蒙昧《もうまい》なる輩は『暗黒の大巻』を心に留め置くべし。ナイアルラトホテップの復讐はげに恐ろしきものなればなり」。

密儀研究を重ねるうちに、わたしはこの『暗黒の大巻』なるものの存在を読み知っていた。それはアルソフォカスがはるか以前に著わした、伝説的な写本のことである。アルソフォカスとは、現在の人類の祖先が初めて地上に頼りない第一歩をしるした、遥か以前にエロンギルの地に住んでいた偉大な妖術師であった。

謎は氷解した。この書こそまさに瀆神的な『暗黒の大巻』なのだ。書名を知るやわたしはこの書に記された邪悪な伝承を片端からむさぼるように読みはじめた。束縛、召喚、造形の際に唱える呪文は全てしっかり頭の中にたたき込み、新たな力に浴した。新たな関門と入口が眼前に開かれ、最も暗い領域の悪鬼どももわたしの意のままとなった。とは言っても、未だ越えられぬ難関は残っていた。それはフォーマルハウト星の彼方に存する計り知れぬほど深い闇の淵で、星々よりも古く、本源的な恐怖を内に秘め、淫《みだ》らにうずくまり神を呪い続けているのだ。ルートヴィヒ・プリンの『妖蛆《ようしゅ》の秘密』やデルレット伯爵の『屍食《ししょく》教典儀』に秘められた教義すらも深遠な『暗黒の大巻』に見られる邪悪な知識には遠く及ばぬほどであった。この書にはアルハザードですら、引用に当っては身震いを禁じ得なかったであろう、恐るべき秘力を持った呪文が記されているのだ。ボロミールの召喚、輝けるトラペゾヘドロンの忌まわしい秘密――時空間上の窓――そして大海に呑まれた都市ルルイエの海底宮殿より大いなるク・リトル・リトルを招く術《すべ》。そうしたことどもを可能にする呪文が、この書には記され、それを唱えるだけの勇気を持った、あるいは唱えるほど気の狂った人物を待ち望んでいるのだ。

わたしの能力は今や絶頂にあり、時間を自由自在に伸縮させることができた。宇宙は常にわき上がるわたしの思考の周囲を公転していた。現世的生活の一切に対する能力は、オカルト研究のために破壊され、一方、超能力はとてつもない実験に挑むまでに高まった。かくして、あの畏怖《いふ》すべき最後の入口への侵入を、彼方の黒闇々たる世界へ続く関門をくぐり抜けることを決意したのである。

彼処には〈旧神〉に追放され、地球への帰還をもくろむ〈旧支配者〉が王宮を構えているというのに。愚かにも、わたしは広大な時空間の中にあっては一片の微塵に過ぎぬというのに、不正と混沌の支配する星々の彼方の暗い深淵を難なく通過し、そこに潜む堕落に心を乱されたり損われたりすることなく、立ち戻ってこられるものと慢心していたのだ。

再び床の上に炎の同心円を五つ作り、一番内側の円の中に立つと呪文を唱えて、想像を絶するほど強い能力を喚起した。その呪文の恐ろしさといえば喩《たと》えようもなく、秘密の通路や表象を形づくるあいだも、手はぶるぶると震えていた。壁が次第にぼやけて消え、黒い強風にまかれて大気圏外の暗い渦と灰色の物質界を吹き抜けた。わたしは思考よりも早く飛んで暗い惑星をいくつも通過して、渦巻きつつ超大な距離を移動する、未知の領域の情景を尻目に突き進んでいった。星の瞬きが小さな蜘蛛《くも》の糸のように細く尾を引いて宇宙全域に交錯して見えた。小さな流星の光輝が、伝説に名高いシャングの淵よりも暗い漆黒のエーテルの中を飛び交っていた。

一分もたったろうか？　あるいは一世紀かもしれない。わたしはなおも突進を続けた。星の数は大分少なくなり、ひとかたまりずつに群れをなしているのが、仲間同志で慰め合っているように見えた。そのほか変わったものは何もなかった。旅のあいだわたしは大いに孤独の悲哀をかみしめた。時間と空間のはざまをどっちつかずの状態の中異常な速度で飛翔してはいたが、静止しているように感じられた。わたしの魂は凄《すさ》まじい孤独と恐怖に満ちた宇宙の静寂に向かって絶叫した。まるで生きたまま無気味な暗黒の陥穽《かんせい》に葬られた男のようだった。果てしれぬ時が過ぎていき、やがて遥かな前方に最後の星群が現れた。数えきれないほど永い間輝き続けてきた光がここで途絶え、その向こうはただ底なしの暗黒の深淵が広がるばかり――ここそは宇宙の果てであった。以前訪れた時と同じように、わたしは恐怖に戦いて悲鳴をあげ、身悶えた。しかし埒《らち》もないことなのだ。今はただ恐怖に満ち深々とした回廊を抜け、果てもない探索の旅を続けるしかないのである。

わたしはあて所もない飛翔を続けた。私の心蔵の鼓動が不規則になったほかにとりたてて変わったこともない。やがてそこに緑色の輝き、というより、輝きの兆《きざ》しが現れた。どうやら時間も物質も存在しない領域リンボーを通過したものとみえる。今や森羅万象を越えて、常識的な宇宙体系からは言語を絶するほど遠く離れてしまったのだ。そして最後の入口を、記憶を失う前の最後の関門をくぐった。前方には以前の幻夢にも現れた黒と緑のふたつの妖星が浮かび、わたしはそちらに向かって、今度はひどく緩慢な速度で流されていった。その黒と緑の光を放つ驚異の星を公転するたった一つの惑星があった。これぞ、かのナイアルラトホテップの故郷たるシャールノスなのである。

わたしはその暗く冷たい球体に向かってゆっくりと漂っていった。近づくにつれ、遥か下方に緑に輝く平原が現れ、平原の上には以前の幻夢にも現れたねじくれた巨大都市が広がっていた。街は不思議な光に照らし出され、バランスの狂った不格好な様相を呈している。わたしはこの恐れ多い首都の真上まで流れていった。ぼろぼろに砕けた石造建築やひび割れた柱が、起伏の多い地平線に向かって威嚇《いかく》するように厳然とそそり立っている。街中のどこを捜しても動くものはひとつとして見当たらない。にもかかわらず生命の気配が感じられ、邪悪かつ淫猥《いんわい》な存在がわたしを嗅《か》ぎつけたように思われた。

街に降りていくうちに肉体的感覚が甦《よみがえ》り、ひどく寒く感じられ出した。身を切る冷気に指がかじかんで動かない。わたしはある広場の片隅に降り立った。中央には巨大な四角い石造建築がそそり立ち、丈高いアーチ状の入口が忌まわしい原始動物の口のように黒々と大きく開かれている。建物全体から鮮烈な邪気が発散されていた。わたしは血も凍る恐怖と絶望に憑かれ、気が遠くなった。奇怪な宮殿の外にたたずんでいると、ふと『暗黒の大巻』の一節が思い浮かぶ。「街の中央広場にナイアルラトホテップの宮殿あり。ここに於いてすべての謎は解き明かされん。しかれどその代償はまことに恐ろしきものなり」。

ここここそは霊厳なるナイアルラトホテップの宮殿であることを疑う余地とてなかった。暗い建造物に立ち入ることを考えれば、身の毛もよだつ思いではあったが、それでもよろよろと戸口へと歩み寄っていった。自らの意志というよりは何か別の力に促され、足が自然に動き出したようだ。巨大な戸口を抜ければ内部《なか》は墨を流したような暗黒に包まれていた。忌まわしい宮殿に降り立つ前に通過したエーテルと同様の、黒一色の世界である。だが底知れぬ闇は次第に無気味な緑色の輝きに場をゆずり、この外惑星の地表が徐々に照らし出されていった。壊疽《えそ》にかかった腐肉のように青白い光に照らし出された光景は、かつていかなる人間とて目撃し得なかったものであろう。

わたしは漆黒檀の柱に支えられた、丸天井のある長大な広間に立っていた。広間の両側には悪夢でしか表しえない形をした怪物が列をなしてひしめいていた。雄羊の頭のクヌーム、ジャッカルの頭のアヌビス、ぶくぶくに太って恐ろしげな大母神タウレト。レプラに犯された生き物がわけのわからぬ言葉を口走り、横目でぎろりと睨《にら》む。癌《がん》にただれたものどもが恨めしそうにじっと見据えている。地獄絵さながらのこうした不定形の生物群を目のあたりにして、心ならずもわたしの歩調は鈍った。長い爪で腕や足を掻きむしられ、業病に侵された腐肉に触れられたショックでわたしの胃は痙攣《けいれん》した。ものどもはあたりをはばからぬ下卑た笑い声や叫び声をあげながら、まわりを淫らに踊り狂い、堕落した冒瀆的儀式をくり広げるのだった。そして、広間の遥か彼方には世にも恐ろしい光景が待ちかまえていた。わが幻夢に出現する無気味な黒い巨像、この宮殿の主ナイアルラトホテップの姿がそこにあったのだ。

〈旧支配者〉はわたしをじっと見つめていた。全神経を結集した眼差しは心を掻きむしり、恐怖に戦かせた。わたしは思わず目を閉じ、筆舌に尽くし難い、恐ろしい悪の化身を見まいとした。しかし彼の強烈な視線はわたしの身体を溶かしはじめ、まるで不可抗力に吸い込まれていくようであった。わずかに残された身体がいよいよ消えるという時に、わたしの魔力はするりと身体から抜け出して宇宙の彼方へと放散されていった。今にして思うに、闇の帝王の足元にも及ばぬ力ではあったが、もう二度と魔力を取り戻すすべはないのだ。

彼の眼に見据えられているあいだ、わが心と魂は四方八方から襲いかかる恐怖と憎悪に苛《さいな》まれた。ひと皮ひと皮、生命を剝《は》ぎ取られながらよろめき、絶望のどん底で抗う力も失せ、ただ圧倒的な不可抗力に弄ばれていた。少しずつ何かが、実質こそないが、しかし存在していくために不可欠な何かが全身より抜き取られていく。わたしは、ただ手をこまねいているばかりだ。愚かにも深入りし過ぎて、今や、致命的な報いを受けているのだ。眼前に靄《もや》がかかって怪物の姿がぼんやりとかすんでいった。するとわが家や家族が目の前に現れ、やがて跡形もなく消え去った。やがて、わたしは自分の身体が、初めはゆっくりと溶け、次第に無に帰していくのを感じるのだった。

身体をなくしたわたしは上空へと舞い上がり、夢魔の群れの頭上を漂って、宮殿の冷たい石造りの天井を何の障害もなく通り抜け、怪惑星の無気味な光に包まれていった。もはや、わたしは生命を持たず、同時に死からも見放された状態にあった。眼下遥かには恐怖に満ちた雄大な都市の全景が広がり、ナイアルラトホテップの恐ろしい暗黒の宮殿から、巨大な不定形の物体が流れ出し、首都全域に広がっていくのが見わたされる。物体はゆっくりと流れ出し、徐々に広がって、ついには何もかも呑み尽くした。見える限りの全域を覆い尽くしてしまうと、物体は収縮して再び幻夢に出現する黒い巨像へと姿を変えた。わたしは内心ぞっとしたが、さらに上昇し、都市から遠ざかるにつれ、その光景は肉眼では見えないほどに小さくなっていった。おかげで以前よりも、超然とした思いで情景を眺めることができるのだった。

怪惑星を遠く離れ、宇宙の暗黒の淵に近づくにつれて、眼下遥かの陸地の塊は次第に球形を帯びてきた。〈旧支配者〉の王国から離れるでも近づくでもなく、不動のまま宙吊りになっていたわたしは、眼前にくり広げられた一連のドラマの終幕《フィナーレ》を目撃した。妖星の表面から光線が、あるいはエネルギー線が放射され、星々の瞬きもない夜の世界に射し込んだ。明らかにわが故郷である地球へと向かっていったのである。やがて周囲は静寂に沈み、わたしは星々の彼方の宇宙にたったひとり取り残された。

記憶は時々刻々と薄れている。間もなく何も思い出さなくなるであろう。すぐに人間であった痕跡すら全くとどめなくなるのだ。こうして時間と空間の只中に宙吊りになり、恐らく永遠にこの状態が続くであろう。しかし、わたしはある種の満足感を味わっている。ここにいると心が安らぐのだ。これは死者の安らぎに勝るものであろうが、忘れかけていたある思いに乱されようとしている。嬉しいことには、その思いは間もなくわたしの心から永久に排除されるにちがいない。どうして、わたしがこれを悟ったかは忘れてしまった。けれども己れの存在以上に確信がもてることなのだ。ナイアルラトホテップがシャールノス星上を歩むことはもうない。もうあの暗黒の大宮殿で御前会議を開くこととてないのだ。なぜなら暗いエーテルをつらぬいて消えていった光線が人類の苦難の元凶を携えていったからだ。

薄暗い明かりを灯した小さな屋根裏部屋で、ひとつのからだがもぞもぞと動き、立ち上がる。彼の目はくすぶる黒炭のように熱を帯び、顔には謎めいた恐ろしい微笑が浮かんでいる。屋根裏部屋の小窓から連なる屋並みを見下ろした彼は、両手を高々と上げて勝利の身ぶりをするのだ。

彼は〈旧神〉が仕掛けた難関を見事に突破してきたのだ。今や自由の身になって再び地球の土を踏み、人類の心を歪《ゆが》めるも、魂を隷属させるも意のままとなったのだ。彼に脱出のチャンスを与えたのはわたしである。狂気のごとく追求したわが魔力が、彼の地球帰還をお膳立てする結果となった。

ナイアルラトホテップは人間の姿を借りて地球上を歩む。彼がわたしの生命と記憶を略奪した際に、肉体をも取り上げてしまったのだ。わたしの肉体は今、恐怖王ナイアルラトホテップの不滅の霊を宿している。

（高橋三恵＝訳）

蠢《うごめ》く密林

D・ドレイク

Than Curse the Darkness
David Drake

知られざるアフリカとは何だろうか？

——H・P・ラヴクラフト

鬱蒼《うっそう》とした熱帯雨林の樹木が村に黒ぐろとのしかかって、集落もその中心にいる人々の一群をもちっぽけに見せていた。広場の笞刑柱《ちけいちゅう》に縛られた男は、栄養失調で膚は青ざめ、息の切れるほどもがいてはみるのだが、自分を押さえているのが屈強な森林警備兵ふたりでは、所詮《しょせん》かなうわけもない。ほかにも十人、はるか西方、コンゴ川河口近くの食人族ベインガが、警備兵としてアルビニライフルや槍を手に立っていた。冗談を言いあったり、むだ口をたたいたりしながら粗末な小屋の方に目を配り、村人たちが仲間を救いにとび出してくるのを今や遅しと待ち構えているのだった。そうなれば思う存分殺戮《さつりく》ができる……。

だが、その見込みはまずなかった。働ける男はみな森の中で、ゴム液採集と称して伐採樹探しにあたっていたからだ。成人男子はレオポルド王の代理人のもとに、週にひとり四キロのゴム液を持参すべしと掟《おきて》にはあった。ところが、代理人はゴムの樹を枯らさずに樹液を採る方法を原住民に教えるべし、とは掟に謳《うた》われていなかった。樹が枯れてしまえば村人たちは割り当てを消化できず、自分らも死ぬしかなかったのだ。それもまた掟であった——明文化されてこそいなかったけれど。

川の上流にはまだ手つかずのままの村がたくさんあった。

「森での仕事ができねえなら」とグッと体に食い込むほどロープをきつく締めて、男を柱に縛り終えたベインガ族のひとりが嚇《おど》した。

「お前を何週間も寝かせねえことだってできるんだぜ」

森林警備兵に制服はなかったが、コンゴ川流域ではたくましい体つきと人を莫迦《ばか》にしたような高慢な態度で、服装以上にはっきりそれとわかるのだった。男を柱に縛りつけたふたりはひきさがり、笞《むち》を持った手下に頷《うなず》いて命じた。男はニタリと笑うと、十フィートもある角張った河馬の革の笞を打ち込もうと、木の柄をふり上げた。距離は前もって測ってあった。

裸の子供がひとり、近くの小屋から抜け出してきた。現地人の傭兵《ようへい》達は、捕まえた男が一笞食ってどんな顔をするかと目を凝らしていたので、その子供には気がつかなかった。子供の父親は笞刑柱から身を引き抜こうとしながら声を張り上げた。「サンバ！」それと同時に笞がシュッと軽い音をたてて、男の肩甲骨の下が八インチも裂けた。

サンバも悲鳴を上げた。少年は森の子にしては体がひょろひょろと貧弱で、顔はサルのようだった。それがいま、まさにサルのようにすばしこく、警備兵どもが駆け寄って来るなかを突進していった。誰にも捕まることなく、少年は笞を持った男の腰のあたりに組みついた。

「うわっ」警備兵は驚いて大声をあげ、チーク材の笞の柄を振りおろしたが、まるで見当が違っていた。仲間のひとりがアルビニライフルを振り回して笞を持った男を助けようとした。すると銃床がテントの杭の上に勢いよく落ち、子供の左耳が吹っとんで、頭の側面がすっかり変形してしまった。それでも少年は、組みついた男から身を離そうとはしなかった。そこで、森林警備兵がふたり近づいて、仲間を傷つけないよう少年の頭のあたりを狙って槍を構えた。

笞打たれた男はうなり声をあげた。ライフルを持ってニヤニヤしていた警備兵が振り向くと、男が笞刑柱から逃げようともがくのが目に入った。荒縄がいやというほど男の手首に食い込んでやっと切れた。一、二歩踏み出して男が笞使いの首に平手をくらわせると、血があたりに飛び散った。

そのときライフルを持った兵が男の体を撃ち抜いた。

アルビニライフルの銃弾は大型で速度が遅く、サッカーボールのようなパンチがあった。父親の体はぐるりと回転してベインガ族のひとりを一緒に地面に叩きつけた。傷を負いながらも男は立ち上がり、よろよろとサンバの方に近づいた。残るライフルが二丁とも火を吹いた。こんどは弾丸が男の体を吹き飛ばしたところを、五人の槍兵が刺し貫いた。

サンバを地面に放ったまま、笞を持ったベインガ族の男が立ち上がった。子供の目は見ひらかれてはいたものの、まったく虚ろなままだった。トローヴィル大佐がサンバににじり寄りつつ、わめき散らしている槍兵たちを一喝した。「やめろ！　莫迦めが」とたんに彼らは散った。トローヴィルは、口ひげを蠟《ろう》で固め、脇の下に汗のしみがあるほかはパリッとしている白いリネンのスーツを着ていたが、腰につけた拳銃はただの飾りではなかった。彼は、傲慢《ごうまん》にもヤシ酒に酔ってまだゴムの出る集落を焼き払いに出かけた警備兵を撃ち殺したことがあった。

この痩身《そうしん》のベルギー人は死体を見つめ、顔をしかめた。そして、恥じ入っているベインガ族の者たちに繰り返して言った。「莫迦ものどもめが！　貴重な弾を三発も無駄にしおって。撃つことはなかったのに。補給部は弾丸には見返りを要求するのだ。槍とはわけが違うんだぞ」

現地人の傭兵達は地面を見つめ、静まり返った小屋や虫さされのあとだけが気になるようであった。笞を持った男はそれを巻き、短剣を手にひざまずいて死人の右の耳を削ぎ落とした。男の首にかけたひもには褐色のしわくちゃの耳がもう十個以上も通してあった。これらの耳は使った弾丸の数に合わせて、見返りとしてボマで差し出されるのであった。

「このガキのも切り取れ」トローヴィルがが［ママ］なった。「結局こいつがもとだったんだ。それでも、もうひとつ耳は足りんぞ」

大佐に一喝されてしょんぼりと警備隊は出かけて行った。トローヴィルはぶつぶつ言い続けた。「ガキと同じだ。まったく無駄なことをした！」一隊が行ってしまうと、近くの小屋からそっと女があらわれ、男の子をあやした。ふたりとも悲しみにくれて低く呻き続けていた。

時は過ぎた。森の中には太鼓が轟《とどろ》き始めた。

一方、ロンドンではアリス・キルリア夫人が書斎の机にかがみ込んで、使いの者がウィーンから持参したばかりの書物を開いていた。髪はあまり魅力的とはいえない型に束ねてあり、年のせいでとび色はわずかしか残っていなかった。ページを繰りながら彼女ははみ出た髪を引っぱって、放心したように高い鼻ごしに本を見下ろした。

書物の中ほどで彼女は手を止めた。ドイツ語の見出しによると、そのあとの術式は生と死を分離する方法だということだった。そのページの残りと次の三ページは、どんな学者も理解できそうにない言語の音訳で埋まっていた。アリス夫人はその詩句をひとことも口の端にのぼらせなかった。偉大なる樹とそれ以上に重大な存在の予感が口を閉ざしたままページを追う彼女の意識に影を落としていた。

術式のどの部分であれ、それを彼女が唱えるのはまだ十八年も先のことになろう。


オスターマン軍曹はいつものようにバオバブの木蔭でヤシ酒をあおり、一方バロコは集落のゴムの計量の監督にあたっていた。このベインガ族の男は、酋長のム＝フィニをほかの男たちの計量が全部すんでしまうまで待たせておいた。両側を手下の森林警備兵で固めた、バロコがついているテーブルの前に、細身ながらたくましい身体つきの老酋長が進み出るや、村人のあいだに不吉な沈黙が流れた。

「ようっ、ム＝フィニ！」バロコが陽気に呼びかけた。「何を持ってきたんだ？」

黙って酋長は灰白色のラテックスを差し出した。表面にはオオバコの葉がのせてある。バロコは秤《はかり》の一方の台にそのゴムをのせ、もう一方の台の四キロのおもりが軽くはね上がるのを見守った。他の村人たちが集めたラテックスの山にそのゴムを重ねたり、ム＝フィニに代金代わりの針金を与えもせず、バロコは、ニタリと笑った。「覚えているか、ム＝フィニ」とバロコは訊《き》いた。「お前の三番めの女房のツ＝シニは、お前が生きてるうちは他の男とは決して寝ないって、おれに先週教えてくれたとき、おれの言ったことを覚えてるか」

酋長はガタガタ震えていた。バロコは立って人差し指でム＝フィニのラテックスを秤の台から地面に払い落とした。「品質が悪い！」と言うと彼はニッと笑った。「石か何か入れて重くしてあるな。ム＝フィニ、お前ときたら老いぼれのくせに、みんなが王様に献上するゴムを探している最中も、女房どもを喜ばせるのに大忙しなんだろうが」

「誓って、死の神アイワに誓って、これはいいゴムだ！」ひざまずいて初子でも抱くように、大きく垂れ下がる塊をつかんで、ム＝フィニが叫んだ。「すべっこくてミルクみたいにきれいだ」

ふたりの現地人の傭兵がム＝フィニの肘《ひじ》を摑《つか》んで立たせた。バロコは計量テーブルをぐるりと回って、ナイフを引き抜いた。「なあ、ム＝フィニ、レオポルド陛下のために良質のゴムを探す時間がもっとできるようにしてやろうじゃないか」

オスターマン軍曹は最初のわめき声を無視していたが、いつまでも続くので、ひょうたんに入れた酒を飲み干し、秤のまわりの人垣の方に歩いて行った。軍曹は大柄で浅黒く、顔にはアルジェリアでフランス軍に服務したときのトゥアレグ族の槍の傷跡があった。

バロコは軍曹がまだ何も訊かないのに、ニッと笑ってみせ、ム＝フィニの方を指差した。酋長は目もあけられず、両手を股ぐらにやったまま地面をのたうちまわっていた。指の間から血が迸《ほとばし》り、のたうち回った土の上に黒い縞模様が広がった。「このノッポめ、いいゴム持ってきやがらねえ」とバロコが言った。オスターマンはバンツー語をほとんど知らなかったので、警備兵との会話は、たいてい混成語だった。「あいつのあれはもう役立たずだ。だから大きいゴム持ってくる」

がっしりしたフランダース人は笑った。バロコが彼のそばに寄って脇腹をつついて言った。「あいつのかみさんツ＝シニ、あいつ、もういらない。あんた、おれ、警備兵みな、ツ＝シニをかみさんにする。いいか」

オスターマンは、何が起こるかと興味津々でぐるりととり囲んで見守っていた村人たちを見回した。だが今は彼らは、恐怖のために足がすくんでしまっているのだ。列の中からひとりの娘がよろよろと出てくると、周りのものは、まるで彼女に触れたら死んでしまうかのようにさっと身をよけた。髪は、高貴な人物の后のように真鍮《しんちゅう》の輪で高く結い上げられ、身体には柳の若枝のようなほっそりした愛くるしさがあった。赤道の暑熱のもとでもやはり、十二歳では女というよりはむしろ小娘に見える。

オスターマンは、含み笑いをうかべながらツ＝シニの方に近づいた。バロコが軍曹の脇についていた。

時は過ぎた。森の奥から人間のものでも、自然のものでもない轟きが響いてきた。

ロンドンの書斎の張り出し窓にはカーテンが引かれ、冷たい外気と街路に舞う灰色に汚れた霙《みぞれ》から室内を護っていた。石炭の火がしゅうしゅうと燃えており、アリス・キルリア夫人は指を組んで、秘書に口述筆記をさせていた。ドレスは上質の綿だったが、スカートのボタンがふたつとれたままだし、レースの胸あてには書斎で急いでかき込んだ昼食の染みがついていた。「しかも、お口添えしていただいたおかげで、〈特別閲覧室〉の主任が、私の依頼通りに、館員にページを繰らせるのではなく私が自分で〈アルハザード〉に手を触れることを許可してくださいました。私は適当に三度この本を開き、人差し指があたったところの文を読みました。

「以前は何となく気がかりな程度でした。が、今ははっきりと確信を持ち、恐れおののいております。使者がどのようなものであるかということに関しては、すべてが符合しました」。

秘書を見下ろして彼女は言った。「使者は大文字よ、ジョン」彼は頷いた。

「ご援助深謝します。いままでは援助していただく必要が倍化しているのです。あの暗黒の大陸のジャングルのどこかで、〈這《は》いうねる混沌《こんとん》〉が成長し、日増しに力を得てきています。私はシュピーデルが死の直前にノイブルク修道院の書斎で見つけた術式によって、それに対抗するための備えをしております。が、それも時期をはずしますと、私たちには何の役にも立ちません。おわかりでしょうが、決定的な時がくれば、至高の力によって私はその混乱地帯に送り込まれることになりましょう。その時はまだ数年先ですが、それは人類にとって最も重大な年であります。ですから、私自身や私の血族の名においてではなく、生命そのものになり代わり、惜しみないご支援を給わりますようお願いいたします。

「段落を分けて、ジョン。これからは先人の例にならって行動するのみです。危い目にあうのも、真実の知識に対して払われる当然の代償でしょう」。

秘書はてきぱきとしっかりした文字で書き綴った。彼は自分自身にもアリス夫人にも腹を立てていた。彼女の手紙が、今晩ケトナーズで誘惑しようと思っている少年への思いを吹きとばしてしまったのだった。もう長いこと、彼はほかの仕事を見つけなければと考えていた。問題はアリス夫人が狂っていることではなかった。結局のところ、女なんてみんな狂っているのだから。しかし、彼女の狂気には非常にもっともらしいところがあって、彼自身もそれを信じ始めていた。

おそらくこの書翰《しょかん》の受取人も彼と同じように……。そしてこの手紙は、「殿下」にあてられるはずであった。

上からばかりでなく横からも日射を得ることができるので、たいていのところでは木は川べりに密に繁っていた。ひと雨ごとに浅く澱《よど》んだ水域が植物をはびこらせながら、この地に住む人びとの皮膚のように黒く広がっていった。それでも雨があがると、森の住民との交易ができるほどの砂州やゆったりした地面が現れた。

ゴメスの丸木舟はいつの間にかぬかるみの中へ戻ってしまっていた。砂の上にまっすぐな竜骨のあとが残り、その真ん中にはうっすら裸足の足跡があった。二十人ほどの原住民がカミンスキーの舟のまわりにまだ集まっていて、派手な模様の布の巻き物をなでまわしたり、漕《こ》ぎ手たちとおしゃべりをしていた。そのとき不意に、樹木の生い繁った岬を回ってきた汽船が見えた。

エンジンの音が樹々のためにすっかり遮られていたのである。慌てふためいて森の住民たちは隠れ家に引っ込んだ。色の浅黒いポルトガル人が怒鳴って命令すると、水夫たちは櫂《かい》を収めた。荷物をおろした丸木舟は、喫水がほとんど数インチになり、もし前もって十分警戒しておれば、二重甲板の汽船が絶対あとを追うことができないような木の根の間にこっそり漕ぎ入れることができたであろう。

船尾の水かきがときどき水音をたてる程度にまで速度を落として、監視船はゴメスのところに近づいてきた。カサイ川上流では、この船は軍用船であった。世界のもっともひらけた地方では、二十四メートルの幅の船などはほとんど関心を呼ばなかったであろうが。両側に積みすぎるほど乗せられている何百人もの現地人の傭兵を守るものは甲板の天幕だけであった。船長はヨーロッパ人で、ベルギーの軍服を着た、金髪の穏やかな顔をした男であった。他に白人は、舳先《へさき》に据えられたホッチキス銃を構えた将校だけであった。

「ムッシュー・ゴメスとムッシュー・カミンスキーだな」丸木舟から十ヤードあまりのところまで近づいて、船長が呼びかけた。微笑をうかべ、右舷《うげん》のブリッジの手すりに指先を当てて身体のバランスをとっている。

「おれたちのことを知ってやがる。ド＝ブリニめ！」とゴメスが言った。「わしらはここで商《あきな》いをする権利があるんだ。お前さんがたのソシエテ・コスモポリトには分け前はちゃんと払うから、ほっといてくれ」

「分け前を払うって？　ほほう」とド＝ブリニは意地悪く言った。「砂金と金塊だぞ。どこでそんな金《きん》を手に入れるんだ？　この混血《あいのこ》さんよ」

「カルロス、いいんだ」砂州に引き上げた舟の中に立って、カミンスキーが言った。

「怒るなって！　偉いさんが交易を保護するため義務を果たしているだけじゃないか」アメリカ南西部にいたころからかぶるようになったソンブレロのかげで、カミンスキーは汗だくだった。彼は相棒の激しやすい性質を知っており、自分をいらいらさせるこのブロンド髪の男の評判も知っていた。今は怒るな。世界じゅうどこへでも行ける切符を今にも手に入れようかという矢先じゃないか！

「交易だって？」ゴメスが怒鳴った。

「あの連中に交易なんてわかりっこねえよ！」と彼はド＝ブリニの方にこぶしをつき出し、苛立《いらだ》ってカヌーをゆすった。十二年前に彼が妻にした、でっぷり太ったアンゴラ生まれの女がなだめるように足にすがりついた。「貧しい黒人にライフルをつきつけ、パリで一シリング四ペンスで売るゴムに半ペンスしか払わなくて何が交易だ。原住民がおれたちを信用して持ってくる土にまともな代金を払ってやらなかったら、この密林からはもう金《きん》は出るもんか！」

「それより、ちょっと調べてみなくちゃならんことがある」とベルギー人がにやりとして言った。「お前の貿易の免許のことなんだが、間違って発行されたんだそうだ――どうやらそれは名前にZのつくゴメスという男のものらしい――で、お前たちふたりをボマまで護送して、この問題に決着をつけよという命令を預ってきたわけだ」

ゴメスののっぺりした顔が紫色になった。晴れた日の雪だるまのように、彼は元気をなくし始めた。

「事務員が綴りを間違えたからっておれたちの免許を取り上げることはできねえだろう？」と彼は哀れっぽく言ったが、そのことばは訴えるというよりはむしろ、ひとりごとに近かった。

ベルギー人はかまわずこう答えた。「できないと思うか？　わが自由の国コンゴの判事を誰が任命するか、お前は知らんのか？　ユダヤ人や黒人や黒んぼ女と寝るポルトガル人じゃ断じてないんだぞ」

おそらくゴメスはへたり込みそうになって、漕ぎ手座に手をついて身体を支えようとしたのだろう。あるいは目の前の包みの向こうにあるモーゼル銃に、実際に手を伸ばしたのかもしれない。最初に発砲してゴメスを水中に吹きとばしたベインガ族の男はおそらくそう思ったのであろう。ライフルを持った森林警備兵がいっせいに射撃を始めたので、カヌーはまるで噴水の上で踊る木ぎれのようであった。木の破片と水と血がどっと吹き上がった。

「無駄な血を流しおって、莫迦どもめ」とド＝ブリニが怒鳴った。「でも、かまわん。他の連中もやっちまえ」

カミンスキーは悲鳴を上げ、必死で木立ちの方に向かって漕ぎ手たちのあとを追ったが、でぶでぶ太っていたため、ブーツが柔らかい砂の中にくるぶしまでめり込んでしまった。原住民たちも逃げのびるチャンスはなかった。ホッチキス銃がダッダッと火を吹いて、照準が合ったとたん、ふたりが撃ち倒された。さらに機関銃は、空になった薬包をシュッという音をたて水中に吐き出しながら、逃げてゆくほかの男たちに銃弾の雨を降らせた。すぐ前を走っていた黒人が前にのめって口と鼻から鮮血を吹くのを見て、カミンスキーは思わず顔をそむけた。自分の死がやってくるのを見たいというこの商人の願いがそうさせたのか、弾丸は頭を動かさなければ額から抜けたであろうに、かわりに上あごの骨を貫通していった。カミンスキーの眼球は、銀のスプーンにすくったカキのようにきれいにとび出した。そのまま彼の身体は勢いよく倒れ、砂の上に波形を描き、仰向けになってこと切れた。

射撃がやんだ。転覆し浮き沈みしながら、穴だらけになったゴメスの丸木舟が汽船の舳先を漂っていた。「あいつらの包みを引き上げるんだ」とド＝ブリニが命令した。「一日中かかっても潜って探すんだぞ。陸《おか》の包みも同じだ――それからカヌーを焼き払え」

「で、死体はどうしますか、船長」とベインガ族の頭《かしら》が訊いた。

「ふん」とド＝ブリニはつばを吐いた。

「神様は何のためにこの川にワニを放たれたのだ？」

カミンスキーの耳は白いので、ボマでとやかく言われそうなのを恐れ、削がずにおいた。


時は過ぎた。森の奥深くで、ライフルの弾丸に当たったグレープフルーツのように、地面がせり上がっていた。木の幹よりも太い何かがうねるように身をもたげ、近くにいた人間に襲いかかると、その身体を天蓋《てんがい》のように繋った樹々のあいだを四分の一マイルも投げとばし、性別も人種も判別できないほどに潰してしまった。やがて、大地はもとに戻ったが、ところどころでは表面がまるで熱したタールのように、ぶつぶつと吹き出し続けた。

五千マイル離れて、アリス・キルリア夫人が自分の遺言状を作成したあと、きびきびした足どりで弁護士の事務所を出て、御者にノード・ドイチャー＝ロイド・ドックに行くよう命じた。馬車にはスーツケースが積まれていて、中には一冊の古い書物と、封蠟《ふうろう》やリボン、金箔《きんぱく》などの装飾をほどこし、その下に国王の署名の入った書類の束がひとつあった。向かいの席には、ロンドンの家を閉じて、身辺を整理した前の週に雇ったばかりのアメリカ人の召使いが乗っていた。召使いのスパロウはイタチを思わせる男で、皮膚は日に焼け、目は熱い鋳型に入れた鉛の色だった。彼はほとんど口をきかなかったが、しきりにあたりをうかがっていた。彼の指はまるで別の生きもののようにくねくねとよく動いた。

時おり森のあちこちで掛矢の音と木を割る音が偶然いっしょになることがあった。すると、獣が暗闇から近づいてくるようなザッザッザッという音が聞こえてくる。火を囲んだ将校たちが話をやめる。ベインガ族がそれを面白がってくすくす笑い、その足音を消してしまう。しだいにその音が次から次へと木こりたちのもとに聞こえてきて、ついにはますます大きく繰り返されるようになる。
「子供みたいな真似をしてますな」とトローヴィル大佐がアリス夫人に言った。機関士とふたりの軍曹はまだアーチダッチェス・ステファニー号の船内で、他の白人たちとは別に食事をとっていた。コンゴ川流域でも、やはり膚の色だけでは階級はわからなかった。
「連中は木を伐《き》ってるんでしょう――マラファウを飲みながら。ヤシ酒といっては酒に申し訳ないようなひどいしろものですがね――ほとんど明け方近くまでやるんです。そのうちに慣れますよ。実際、することは何もないのです。ただ船の一日分の燃料を運ぶだけですからね。もちろん毎晩もっと早い時間に乾いた木をたっぷり見つけて伐ることだってできるんですが、なにせここの原住民ときたら……」

ド＝ブリニとオスターマンがトローヴィル大佐の苦笑いに加わった。アリス夫人はうわの空でにっこりしただけだった。日中、船がスタンレー・プールから上流に向かっていたとき、夫人は自分の闘いが始まろうとしている一帯をじっと見据えていた。深い森、このあたりではたいてい狭い帯状の森林が川べりに続いているが、やがてほとんど足を踏み入れることもできない広大な密林となる。樹木は川べりを這い上がり、堤の上で急に大きく広がる。流れがもっと狭いところでは、樹々の枝の組み合わせる黒い縞模様が見えなくなるほど鬱蒼と頭上にのしかかってくるのではないかと想像できた。

そして、夜になれば、下流の方でも真っ暗だった。その暗さに彼女はぞっとした。赤道上の日没は、靄《もや》のカーテンがしだいに濃くなってゆくようなものではなく、刃物で地球をすっぱり二分するように極端であった。こちら側には死があった。そして、ベインガ族の兵士の笑い声も、トローヴィルのキャンプファイアを囲んで杯を重ねるポルトガルワインの酔い心地も、それを変えることはできなかった。

ド＝ブリニ船長は一気に飲み干して、一同をじろりと見た。彼は熊を思わせる丸みを帯びた中背の男で、一見、心の冷酷さを隠してしまうもの柔らかさがあった。その向かい側ではスパロウが、自分で巻いたタバコをふかして、顔をぽうっと明るく照らしていた。船長は微笑んだ。この頭のおかしい貴族女が要求したからこそ、スパロウは将校たちといっしょに座っていられるのだった。袖《そで》口《ぐち》をボタンで止めた、安もののブルーのコットンシャツ姿で、デニムのズボンをサスペンダーで吊っていた。ちびのうえに胸巾が狭く、腰のベルトに二丁のダブル・アクションの拳銃を下げていなかったとしても、莫迦げて見えたに違いない。

一方アリス夫人は丸腰であった。男まさりにズボンをはき、裾をローヒールのブーツにたくし込んでいた。ド＝ブリニは彼女を見つめ、軽蔑《けいべつ》の笑いを親しげな表情にとりつくろって言った。「驚きですなあ、アリスさん。あなたのように育ちが良くて、きゃしゃなご婦人が、世界一野蛮な連中と戦う遠征隊のお伴をなさりたいとは」

アリス夫人は、ややだんご鼻ぎみの鼻をつんと上げて言った。「したいとかしたくないとかいう問題ではありませんよ、船長」夫人はいけ好かないというようにド＝ブリニをじろっと見た。「あなたご自身はべつに来たいわけじゃないんでしょうね――ただ、気晴らしに黒んぼを撃ってみたいというだけで。いやでもしなければならないからするということもありますよ。人には義務というものがあります」

「船長が言ってることとは」とトローヴィルが口をはさんだ。「このジャングルにははっきりした戦線はないということですよ。槍兵がすぐそこの樹の蔭から現れて襲いかかってくるかもしれない――となるとあなたの計画も失敗に終わってしまう。いかに高邁《こうまい》な計画であったとしてもね」

「その通りです」とアリス夫人が相槌《あいづち》を打った。「だからこそ、わたしはスパロウを連れてきたのです――」と召使いのほうに向かって頷きながら「運に任せる代わりにね」

視線が再びこの小柄なアメリカ人に集中した。それまでの会話はスパロウを仲間に入れるため英語だったが、ド＝ブリニが今度はフランス語で言った。「あいつ、船から落ちなきゃいいがね。あんなに重い拳銃をぶら下げてちゃ、誰も気がつかないうちに二十メートルも下に沈んでしまうぜ」

ベルギー人たちはまた笑った。シチュー鍋の底のように平坦で硬い声でスパロウが言った。「船長、その立派なピストルを見せていただけませんかな」

たまたまそんなことを訊いてみる気になったのか、それとも自分を笑いの種にした冗談がこのアメリカ人にわかったのか、どちらともつかずにド＝ブリニは目をしばたたいた。ことさらに落ち着きはらって、ド＝ブリニはエナメル革のホルスターのホックをはずし、ブローニング銃を手渡した。その銃は小さく、横長で、その青い仕上げ塗りが、たき火の明かりでアザラシの皮のように光った。

スパロウは銃を回転させ、外側をざっと眺めた。グリップの爪に親指で触れて弾倉をはずし、それを手に持って、小さな真鍮の銃弾の先端部分に光があたるようにした。

「どうやらオートマチックに詳しいようだな？」と自分の生まれた大陸ではめったに見られないほど、アメリカ人の銃の理解が早いのにいささか驚いてトローヴィルが訊いた。

「いや」とスパロウが弾倉をもとに戻しながら言った。彼の指は音階を弾くピアニストの指のように動いた。「しかし、これも銃には違いない。銃の仕掛けぐらい、だいたいの見当はつくからね」

「こういう小型のを一丁持っているといい」とスパロウから銃を受けとってにやにやしながらド＝ブリニが言った。「こういうものの方が持ち歩くにはずっといいんだ。君の持っているようなものよりはな」

「そんなおもちゃみたいのがいいって？」スパロウが訊いた。彼はさらにおどけた調子で続けた。

「私ならそんなのは持たないな。船長。人を撃つときは息の根を止めてしまわないと。私がやるときは、ちゃんと役に立ってくれる銃がいい。この四十五口径は使うたびに具合がよくなる」スパロウはそのとき初めて白い歯を見せた。ド＝ブリニは、ブローニング銃をホルスターに収めるとき、自分の手ががくがくするような気がした。その瞬間、現地人の傭兵たちがなぜスパロウに近寄らないかを彼は了解した。

アリス夫人が咳払《せき》いをした。それが男たちの間に張りつめていた堅苦しい雰囲気を崩した。その場を離れもしないまま、スパロウは背景の中に沈み込んで、肩巾の狭い、自分の体格には重すぎるピストルを身につけた、いてもいなくても同じような存在に戻ってしまった。

「反乱について知っていることを話してください」よどみない魅惑的な声で、アイルランド生まれのアリス夫人が穏やかに言った。顔の造作を見ていると、いまにも鼻にかかった声が聞こえてきそうだった。いちおう軍曹と呼ばれてはいるが士官ではないオスターマンのいびきが、火の向こう側から聞こえてきた。彼は原住民のマラファウを飲んで、ワインには見向きもしなかった。このひげ面のフランダース人がだらしなくキャンプ・チェアにもたれると、三つ目のひょうたんが、彼の感覚をなくした指の間から滑り落ちて、地面にぽつんと染みができた。

トローヴィルがド＝ブリニと目配せを交わし、肩をすくめて言った。「原住民の反乱のことなどわかるわけがない。中にはときおり船を狙って撃ったり、利権屋がゴムや象牙を集めに来たところを襲って殺したりするやつがいるという。そして、われわれに連絡が届くと――」大佐は、姿の見えないアーチダッチェス・ステファニー号と、そのそばの堤に並んだ何十艘《そう》というベインガ族のカヌーを身ぶりで示した。「われわれは村を包囲し、捕まえた黒んぼを撃ち殺して、小屋を焼く。それで反乱はおしまいさ」

「それで、原住民の神はどうなさるのですか?」首の長い水鳥のように頭をひょいと動かしてアリス夫人が訊いた。

大佐は笑った。ド＝ブリニは自分のホルスターをポンとたたいて言った。「マランガではわれわれが神だ」

彼らはまた笑ったが、アリス夫人は身を震わせた。オスターマンが目をさまし、制服の青いそでで音をたてて鼻をかんだ。

「森の奥に新しい神が現れたぞ」とそのフランダース人はつぶやいた。

まるでシェイクスピアを朗読するカエルでも見るように、他の者はじっと彼を見つめた。

「どうしてわかるんだ?」とド＝ブリニが苛立たしげに問い詰めた。「お前の知ってるバンツー語は〈飲む〉と〈女〉だけだろうが」

「おれはバロコと話ができるじゃないか、ええ?」とことばははっきりしないながら何となく腹を立てたような調子で軍曹が言い返した。「バロコのやつとは、長いこといっしょだぜ。おれの知ってる白人野郎の何人かよりずっといいやつだ——」

アリス夫人が火の明かりに瞳を輝かせて身を乗り出して言った。「新しい神のことを教えてください。何という名前なのです?」

「名前なんかは覚えてねえな」と首を横に振ってオスターマンがつぶやいた。彼はもうすっかり目をさまし、自分が上官ばかりか、隊が準備をしているあいだボマにやってきた外国人の関心の的にもなっていることに驚いて、ちょっと落ち着かないようすだった。トローヴィルはボマでアリス夫人の申し入れを無視しようとしたが、このアイルランド女は、レオポルド王自身の署名入りの許可証をたてに、どうしてもついて行くと言ってきかなかったのである……。「バロコが何とか言ってたが忘れちまった」オスターマンは続けた。

「あいつも酔っぱらっていたからな。それとも言わなかったかもしれん。野郎もそれを恐れているんだ」

「それって何のことだ?」トローヴィルが口を出した。彼は抜け目なく、オスターマンが下らぬ習慣のおかげで、現地人の傭兵の信頼を得たというはっきりした事実を積極的に受け入れ、利用しようとしていた。「ベインガ族の酋長のひとりがバコンゴの神を恐れているだと?」

オスターマンは再び白くなりかけた頭を横に振った。ますます困惑しながらも、けっきょく話すことに決め、こう語った。「やつらの神じゃない。そんなんじゃないんだ。バコンゴ族ってのは、川沿いに住んでいて、ほかの黒んぼと同じように、呪物を拝んでいる。ところが、山奥にもうひとつ集落があるんだ。きまった部族の集落じゃない。この村から男が数人、あの村から女が数人というように、いつの間にかひとつにまとまって、もう、かれこれ二十年になるか。新しい神を拝んで面倒を起こすのはこの連中だよ。こいつらときたら白人にゴムを出すこたあねえって言ってる。それに呪物を拝むこともねえってな。やがて神が現れて、あらゆるものを食いつくしてしまうんだ。もう明日にでもその日がくるってな」

ぼんやりと目をこすりながらオスターマンが叫んだ。「おい、酒だ！」

半ズボンに燕尾服《えんびふく》のクルー族が小走りにやってきて、ひょうたんをもうひとつ置いていった。頭を狂わす甘い液体をオスターマンはたった三口で飲み干した。それから彼は、何か意味のないことを口走り始めた。空になった器が倒れ、しばらくすると、はや、ふたたび高いびきをかいていた。

他の者は互いに顔を見合わせた。「あいつの言ったことは本当だろうか？」船長はトローヴィルに訊いた。

「そうかもしれん」ほっそりした大佐は肩をすくめて言った。「やつらが何もかもあいつに話したとしてもおかしくはない。膚の色はともかく、ほかの点では黒んぼと何も変わりはないからな」

「あのひとの言う通りですよ」と一同の顔よりも火を見つめながらアリス夫人が言った。薪《たきぎ》が芯《しん》のところで崩れて、天蓋《てんがい》のように空を覆う枝の方に火の粉が舞いあがった。

「ただ、ひとつだけ違います。かれらの神は新しい神ではありません。その点はまったく見当違いです。この世界が誕生して間もなく、まだ蒸気のあがっている湿地の上を爬虫類《はちゆうるい》が飛びまわっていた大昔でさえ、その神は新しくはなかったのです。その神のバコンゴ名はアフトゥ。アルハザードが千二百年前に記した書物の中では、それをナイアルラトホテップと呼んでいたのです」夫人はことばを切って、グラスに残った水っぽい黄色のワインの上にかざした手をじっと見つめた。

「ほう、じゃ、あなたは宣教師というわけか」この謎の女をどう考えたらいいかがわかってほっとしたように、ド＝ブリニが叫んだ。答える代わりに夫人は、むっとした一瞥《いちべつ》を返した。「それとも宗教を研究しておられるのかな」ド＝ブリニはさらに尋ねた。

「医者が病気を研究するように、宗教を研究しているだけのことです」とアリス夫人は答え、一同を見回した。彼らの目を見ると、ちっとものみこめないらしかった。「わたしはつまり……」と話し始めたものの、ひとつの理想に身を捧げるということが理解できない男たちに、どうやって自分の生き方を説明したものか？　子供時代は、夢だとかひんやりした書斎に並んでいた本だとか、内面的なものばかりに彼女の関心は向けられていた。内面的なものに——なぜなら外部の肉体は白鳥になどなれるはずがないことが、誰の目にも明らかな醜いあひるの子だったから。そして、こうした夢や古い書物のあるものには、いま闇の中で話を聞いている男たちの誰もが感じている、妙に心にひっかかるものの正体を解き明かす鍵があった。当時の彼女の質問には、父親は答えることも理解することもできず、司祭も同様であった。そうして彼女は強情な子供から、鉄の意志を持った女に成長し、親戚の者など、その精力を教会かスパニエル犬の飼育に注いだ方がよかったのにと惜しむほど、精力的に自分の空想の領域にのめり込んでいった。

　そして、成長するにつれ、彼女のすることを感じとりわかってくれる人たちとの出会いがあった。夫人は再びぐるりと見回してぽつりと言った。「船長、わたしはこれまでほとんどずっと——ある神話の研究に身を捧げてきました。そして、その中には真実や、真実に至る鍵も含まれていると信じるようになりました。宇宙にはある力が存在します。この力の真実を知れば、押しとどめようもないその力の側についてその到来のために働くか、それとも自分のかざしている大義には、結局希望はないと知りながらも、とにかく前進して戦うか、どちらかを選ばなければならないのです。わたしは第二の道を選びました」さらにいっそう身体をしゃんとのばして、夫人はつけ加えた。「人類のために混沌に対して敢然と立ちむかう人物が常に現れました。人類が誕生してこのかたずっと」

ド＝ブリニがくすくす笑うのが聞こえた。トローヴィルはド＝ブリニに顔をしかめてみせ、アリス夫人にこう訊いた。「それで、この反乱者どもが拝んでいる神を捜しに来たわけで？」

「そう、アフトゥという神です」

まわりの、火に照らされた樹々の奥から、斧と楔《くさび》のザッザッザッという音が聞こえ、やがて原住民のどっと笑いどよめく声がとどろいた。

「オスターマンとド＝ブリニは、部下を位置につけておけ」木の生い繁った岸辺にざっと目をやり、ブリッジの手すりを指先でたたきながら大佐が言った。「そろそろ上陸するとしようか」

「わたしたちも」とアリス夫人が言った。ベルギー隊が襲撃の準備をしている目標の村を見ようと身をのり出して、彼女は目を細めた。「見張り小屋はどこです？」とやがて彼女は訊いた。

「ああ、岸から数百メートル奥ですよ」とトローヴィルが即座に説明した。「木で隠れているんですが、簗《やな》がいい目印になります――」と下流に泡を立てているまっすぐな棒の列を指さした。「下流のカヌー隊が連中を包囲するあいだ、村のものの注意をわれわれに引きつけておくため、この地点に停泊したわけです」

押さえられた音だったが、確かに森の中でバシッと銃声がした。引きつづいて一斉射撃の音、それにかすかな悲鳴が伴っていた。

「突っ込め」と不安を隠すときいつもするように、口ひげの左半分を引っぱりながら大佐は命令を下した。

舳先を木の間に突っ込むと、アーチダッチェス号はぎぎっときしったが、もう細かいことを気にしている暇はなかった。森林警備兵はホッチキス銃の前を横切り、道板を渡って続々ジャングルの中になだれ込んだ。砲手は前方しか守ってくれない鉄の覆いのうしろにうずくまった。樹々の幹とその影に、彼は三方から囲まれていた。

「岸は安全だと思う」トローヴィルは戦闘というよりパレードにでも出かけるように身仕度を整えて言った。「来たければついてきてもよろしい――ただし離れないように」

「わかりました」とアリス夫人は答えた。まるで彼の許可がなければ行くつもりはないとでも言うように。手にはピストルではなく黒表紙の古い書物を握っていた。「でも、ここがあなたの予定どおりの場所だとすれば、ここを切り抜けるのにどうしてもわたしの力を借りなければならなくなります。とくに日没までかかるときは」トローヴィルのうしろになって、彼女は甲板昇降口の階段を威勢よく降りて行った。いちばん後からスパロウが、サメのようにうすよごれ、死人のような顔をしてブリッジを出て行った。

木の幹の間をうねりながらつづく狭い小道は、角のように硬い足でローム状に踏みかためられていた。肩の高さまで木の葉がなくなっていることだけが、けもの道と違っていた。ベインガ族は歩きにくそうだった——南コンゴの部族だから、上流のジャングルにはまったく不慣れなのだった。トローヴィルの足どりはことさらに平然としていたが、アリス夫人は大股のなりふり構わぬ歩き方で、物理的環境には無関心のようであった。スパロウの目はいつものように用心深くぴくぴく動いて、片時も注意を怠らなかった。手は腰の高さの、拳銃にすぐとどく位置にあった。

伐採地は何の変哲もなかった。中心の二十戸ほどの小屋は柵のようなもので囲われていたが、包囲したベインガ族の急襲によって、その柵はあちこち破壊されていた。三つの死体はすべて女で、外のキビ畑に放り出されていた。柵の中にはもっと死体があり、そのうちのひとつは傭兵で、胸ぐらに長い鉄の矢じりが斜につきささっていた。船を降りた部隊が村に到着したときにはもう、百人ばかりの村人たちがぶるぶる震えながら、ハチの巣形の酋長の小屋の前の広場に集められていた。ぞっとするような黒煙を舞い上げて燃えている小屋もいくつかあった。

恐怖のため、屠殺《とさつ》場にひかれる羊の群れのようにそろって無表情になっている捕虜の集団を、トローヴィルはじろりと見おろした。「よし……」と彼は満足したようにつぶやいた。普通なら裕福な家の出入口の右か左にある呪物が、この集落にはないことに彼は気づいていた。「さあ！」と彼は言った。「お前たちが拝んでいる新しい神のことを誰か教えてくれないか」

暗闇をさらに黒く塗りこめるように恐怖に戦く顔が新たな恐怖にひきつった。ベルギー人のそばに、儀式のために模様を描いて顔をはらした老人がいた。羽やタカラ貝の殻など、普通の呪《まじな》い師が身につける装飾品で身を飾ってはいないが、この男はきっと呪い師に違いなかった。言葉につかえながら、この男は言った。「だ、だんな、わしらには新しい神などありません」

「うそつけ！」とトローヴィルが怒鳴った。手袋をはめた彼の指先が毒牙のようにとび出した。「お前たちはアフトゥを拝んでいるだろう。サルにも劣るやつらだ。だが、そんな弱々しい神など、われわれの魔法で棒っきれみたいにうち砕いてくれよう」

群衆はうめき声を上げ、大佐の前からあとずさりした。老呪い師は物音ひとつたてず、激しく身を震わせ始めた。トローヴィルは空を見上げた。「オスターマン」彼はがっしりした部下に呼びかけた。「日暮れまでは小一時間はある。それまでにこいつに口を割らせろ」と呪い師を指さした。「こいつは何か知っているらしい。他の者は……ド＝ブリニ、こいつらに足枷《あしかせ》をはめてやれ。どうするかはあとで決める」

オスターマンはにっと笑ってバロコの背中をぴしゃりとたたいた。それぞれが呪い師の手を片方ずつ摑んで、バオバブの木の蔭に引っ立てていった。オスターマンは船から運び出す必要があるものを列挙し、バロコはそのリストを父親の機械修理を手伝う子供のように、熱心にそばの現地人の傭兵に通訳していった。

　夕方、そよ風が吹いて、恐怖の臭いやもっとたやすく何の臭いだかわかるものをいくらか取り除いてくれた。オスターマンは燃えている硫黄《いおう》の皿の上にバケツをかぶせて、用済みの火を消そうとしていた。トローヴィルに言われて、呪い師の性器の上にチロチロ燃える灰を塗りたくるのに使った細枝もそうやって消した。こうして仕事が済むと、彼とバロコはその場を離れ、いっぱいぐっとひっかけたが、いやな気分になるだけであった。「ごくろうさん、軍曹」うまく仕事をこなしたふたりへの労《ねぎら》いのことばはそれだけだった。

　呪い師は手首と足首を地面の杭につながれて、目を閉じたまま話していた。「やって来た。とうとう」その声は低く早口で、アリス夫人に大体のところを通訳してやるのにトローヴィルは神経を使っていた。「それは森にいる。魚とりの邪魔しない。この森には災いがある。神がいるのを感じる。でもわからない、それがどういう神だか。それでもよい、どんなものが森に住もうと」

　呪い師はことばを切り、横を向いて、脇にたまった吐瀉物《としゃぶつ》の中に痰《たん》を吐き出した。アリス夫人は地面にうずくまって、放心したように書物のページをぱらぱらめくっていた。伏せたバケツを腰かけ代わりに使おうともしなかった。スパロウは捕虜にはほとんど何の関心もなかった。彼の目は、ベインガ族や足枷をはめた捕虜でいっぱいの、騒々しい伐採地の向こうの様子をうかがっていた。男たちとその向こうの樹々。スパロウの顔には、待ち伏せに気づきながら機先を制することができない者の烈しい苛立ちの表情があった。地面に影がさし、彼の銃弾の先端の色に変わり始めていた。

呪い師は語り続けた。独特のリズムを持ったそのことばは豊かでゆるぎがなく、アリス夫人はトローヴィルの通訳するとぎれとぎれのフランス語のうらに、連れてこられる前の呪い師の威厳と権力を感じた。「みんなどこか無い者たち。男の子、耳なし。頭、落ちたレモンのよう。アフトゥ神が命ずるのがこの子にきこえる。

「べつのひとり、男のしるし、ない。この男に、神が命ずる。男の子を通して……アフトゥ神の眠る土地を目ざめさせよ……。

「べつのひとり、顔は半分、目はなし……だが、見える。アフトゥが見える。そして言う。何が起こるかを。何がやってくるかを！」

呪い師の声は高まって、かん高い絶叫になり、通訳の声を消してしまった。トローヴィルは平然と平手打ちを食らわして黙らせ、手袋をはめ、樹皮布のぼろを使って相手の口もとから血とつばを拭《ぬぐ》ってやった。「森には反乱者が三人しかいないのか？」と彼は問い質した。三番目の男が白人だと呪い師が言ったのを聞き取っていたとすれば、彼はまったくそれを無視したわけである。

「いや、いや、たくさん。何十人も。それとももっと。身体のちぎれた者、前はいなかった。ときどきだけ。それがいまはもう神が大きくなって……ああ、その使者たちが……」

おおかた太陽が沈みかけたらしく、にわかにあたりが暗くなり始めた。伐採地全体が暗くなってきて、色という色はみな焦茶色に変わってしまった。大地が身震いをし、杭につながれた呪い師が

「地震か？」トローヴィルが驚いて心配そうな声をあげた。熱帯雨林は深い大根《おおね》を張らないから、強い風が吹いたり、大地が揺れ動いたりすると、巨木でさえ藁《わら》を打つようになぎ倒されてしまうのである。

アリス夫人の表情はパニックに近い心配を示していたが、バオバブの木が頭上でゆらゆら揺れるのには何の関心も示さなかった。書物を開いて、その中のことばを朗々と唱えるのであった。夫人はそれを中断すると、ページに消えてゆく陽の光があたるようにした。が、声は再び途切れた。すると、大地が縦に揺れた。呪い師が座っている地面の下がへこみ始め、恐怖にかられて一声悲鳴を上げたまま、呪い師は二度と息をすることはなかった。

「光を！」とアリス夫人は叫んだ。「お願い、光を！」

黒人や警備兵や捕虜たちからいっせいにわき起こった恐怖。祈りの声にまぎれた夫人の声がトローヴィルに聞こえたとしても、何のことだか彼には理解できはしなかった。スパロウは仮面のような表情でシャツのポケットに手を差し入れ、マッチを一本とり出して、持っていた手の親指で擦った。青い炎がページの上でゆらめいたが、まるで大地の動きがこの男に協力したかのように、炎の動きがぴたりと止まった。マッチの明かりにアリス夫人のきつく結った束髪が浮かびあがると、夫人は人間に対しては何の意味も持たないことばを大声で唱え始めた。

土が寄り集まって触手と化し、呪い師の真下からはね上がると、そのまま彼にからみついて空高く放り上げた。片手と手首が杭につながれたままあとに残された。

他の者の頭上二百フィートのところでその触手は止まり、稲妻にでも打たれたかのように爆発した。地面が波打ったときアリス夫人はうしろに倒れてしまい、書物を手から放してしまいながらも、最後に必要なことばをはっきり唱えたのだった。爆風は地上の大枝も折るほどの威力で、バオバブの木さえこなごなにしてしまった。大きくうねる地面に立ったままでいられたのはスパロウただひとりだったが、その彼もついに爆発の衝撃で転倒してしまった。もんどり打って転んだが、光に打たれた触手の残像に狙いをつけた二丁の拳銃を、なおも手から放そうとはしなかった。

肉の焼ける臭いは呪い師のものに違いなかった。というのは、他には誰ひとり負傷したものも行方《ゆくえ》のわからないものもいなかったからである。触手は、土の上に残った筋のほかは何ひとつ残さず、稲妻に似た閃光《せんこう》によってできたロープ状の緑色をしたガラスのまわりにも同じものがついていた。

トローヴィル大佐は起き上がって、あとに残った硫黄のように鼻につんとくるオゾンの臭いに咳込んだ。「ド＝ブリニ！」と彼は怒鳴った。「反乱者どもの集落に案内できるものを、この豚どもの中からひとり連れてこい」

「いま起こったことを見ていながら、いったい誰に案内させようというのですか？」命以上に大切なもののように、ひざまずいて落ちた書物のほこりを払いながら、アイルランド生まれの夫人が訊いた。

「見たって？」とトローヴィルが言った。「何を見たというんだ？」その声の激しい調子が、しばらく夜の鳥を黙らせた。

「仲間のひとりが叩きつけられてばらばらになり、焼けてしまったから案内してくれまいというのか？　この程度のことなら何度でも繰り返してきたのだ。何人命を落とそうと、どうしても誰かに案内させる。この反乱は断じて始末しなければならぬ！」

「そうですとも」小手調べには勝ったとしても、本当の試練はこれからだと知っているチャンピオンのように立ちあがりながら、アリス夫人はつぶやいた。夫人はもう弱々しげには見えなかった。「なんとしてでも戦わなければ。もし、一ヵ月後にも地上に人類が暮らしていることを望むなら」

そのとき、大地がかすかに震えた。


火の周りで踊る者たちの投げかける影のほかには、森の中で動くものは何もなかった。炎が木の葉や木の幹にちらちら影を映し、炎がゆらめくたびにゆがんだり形が崩れたりした。

影の形は、炎に照らし出された踊り狂う男たち同様奇妙な形をしていた。

籐のつるを組んで作った高くて不安定なやぐらから、三人の男がこの踊りを見おろしていた。かれらは裸だったので、体のあちこちが切り取られているのがはっきりわかった。青白い身体が火に照らされ、赤味を帯びただいだい色になったのを見てド＝ブリニははっとした。しかし、その男は顔がつぶれ、どこの誰ともわからなかった。その上その男は、彼がかつて知っていた小太りの商人と比べるとずっと痩《や》せてもいた。

開拓地は、ジャングルの中に四分の一マイルにわたってひろがる窪地《くぼち》であった。小屋といってもふつうの集落のハチの巣形の小屋ではなく、籐づるで枠を組んだ木の葉ぶきの粗末な掘っ立て小屋が、窪地の一方の端にごちゃごちゃ並んでいた。順調にことが運んでおれば、トローヴィルの率いるアフリカ土民兵たちは小屋の向こう側で位置につき、オスターマンの隊が第三の側面を固めて包囲が完成しているはずであった。全員突撃の準備を完了し、合図を待っていた。槍兵の進行を妨げるものは柵ひとつさえない。

作物もまったくなかった。開拓地の地面は滑らかで硬く、右に左にくねくねと儀式のパターンが幾度となく繰り返し織り出され、踏み固められていた。そのパターンから出たり入ったり、あるいはその周りを回ったりしている人びとには、五体満足に揃っている者がなく、片足でも残っておれば跛を引き、笞打たれ、癒えきらぬ傷あとから骨が光って見える背をひきつらせ、前屈みになってよろめき歩く者、眼窩《がんか》をえぐられ、先を行く踊り手の動きを手でさぐりさぐり歩く者。

音楽はなかったが、舌の残った者たちが「アフトゥ！　アフトゥ！」と、ドラムのようにひっきりなしに声を張り上げていた。

「これでも人間か？」とド＝ブリニはつぶやいた。「小さな額、ぶ厚い顎《あご》、皮膚の色など、毛皮を剥《は》いだサルそっくりだ。人の祖先はサルだというあなたのダーウィン先生はどうやら正しかったらしい、いい、アリスさん――このけだものどもが本当に人間の一種ならばだが」

「わたしのではありません」アイルランド生まれの夫人は答えた。

クルー族の船の給仕が、燕尾服の代わりに腰布をつけ、シューシュー音をたてる手さげランプを持って、三人の白人の後に控えていた。ところが、アリス夫人はランプの蓋《ふた》をあけるのをためらい、開いた書物の余白に、苛立たしげに指を走らせるばかりだった。ホイッスルの合図だけでは間に合わない場合に備えて、短剣だけを持った三人の黒人が伝令としてド＝ブリニの脇に立っていた。船長の隊の残りの者の姿は見えず、両側の林の中に入って散らばっていた。

「どうも気に食わねえ」スパロウは拳銃が自在に動くのを確かめようと、ホルスターの中でリボルバーの位置をわずかに変えた。

「そこらじゅうに黒んぼがうじゃうじゃいやがる。狩りか何かから戻ったのも一緒になって、暴徒化するかもしれん。暗がりから黒んぼがとび出してきたら、いつでも一発お見舞いしてやる」

「命令するまで撃ってはならんぞ」とド＝ブリニが怒鳴った。「大佐が伝令を走らせているかもしれんし、オスターマンに援軍が必要かもしれん――莫迦なやつが味方の伝令を撃ったりしかねんから、危なくてしようがないんだ。おい、聞いているのか？」

「ああ、何だか下らねえこと言ってたな」火明かりがスパロウにちらちら当たって、こめかみの血管がピクピク動くのが見えた。

ド＝ブリニは言い返さず、開拓地の方をふり返った。しばらくして彼は言った。

「お探しの神は見あたらんようですな」

アリス夫人の口がゆがんだ。「物神が見あたらないってことですか？　それは当然のこと。アフトゥは物神ではないのですから」

「ほう、じゃ、いったいどんな神だと言うんです？」ド＝ブリニが苛立ったように訊いた。

夫人はこの質問をまじめに受けとめ、考えながら言った。「おそらく神ではないのでしょう。アフトゥも他のものも……つまりアルハザードの書物に出ている他のものも。大昔、地上に吐き出された癌《がん》とでも言えばいいでしょうか。生き物ではなく、もちろん物でもなく――それでもいろいろな物に働きかけて、あたかもそれを生命あるもののように、かたちを生み、あるいはかたちを崩し、どんどん際限もなく成長させるのです」

「そうして成長して、どんなものになるというんです、マダム？」とド＝ブリニが迫った。

「どんなもの？」アリス夫人は厳しい口調でくり返した。他のことはともかく、これだけは確信があった。盗賊だった先祖そのままの傲慢さで、その目は突然ぎらぎらと輝いた。

「この地球に、ほかならぬこの惑星と化すのです。もし何の手も打たなかったとすれば。そして、今度もまたそれを抑えることができるかどうか、今晩ここではっきりするのです」

「そんなことを本気で信じているわけですかな？」と口ひげをなめながらド＝ブリニは、なるべく相手を刺激しない表現を探した。

「信じているんですか？　野放しにすれば世界を支配するようになる生き物を、バコンゴ族が崇《あが》めているなどと？」

アリス夫人は相手をきっと見据えた。「世界を支配するのではありません。世界そのものになるのです。このものは、この種子は、人間の信じ難いほど堕落した、愚劣な行為によってジャングルの中で目をさまされて……もし放置すれば、それはパンにカビがつくようにこの世界に浸透し、ついにはこの惑星そのものがどろどろの球体と化し、太陽の周りを猛スピードで回りながら、火星に向かってぬめぬめした触手を伸ばしてゆくことになるのです。ええ、わたしはそう信じているのです、船長。ゆうべ、村で起こったことをごらんになったでしょう?」

ド＝ブリニは困惑したように顔をしかめるばかりだった。

銀鈴のような音が広い開拓地から響いてきた。ド＝ブリニはうなり声をあげ、長いボースン呼笛を鳴らしてそれに応えると、オスターマンの合図もそれに重なった。

踊りの列がくずれ、固めた土が人の重さでへこみ始めた。

アルビニライフルの轟きに混じって、ワッと叫び声をあげながら森林警備兵たちは樹々の間からとび出した。「光を!」とはじけるようなアルトで、アリス夫人が命じると、手に持った書物の上にランプの明るい光が、扇形に投げかけられた。やぐらがグラリと傾いて、どろどろになった地面にまっすぐに沈んでいくように見えた。やぐらにのっていた三人は手をつなぎ合って、最後の瞬間、「アフトゥ」と勝ち誇ったように叫び、そのまま崩れ落ちた。

頭蓋の縫合線のようにぎざぎざに波打って、開拓地の地面一帯に動きが広がり始めた。近くにいる踊り手をつき刺そうと槍を構えたベインガ族の男は、絶叫しながら震動する裂け目のひとつに突き立てた。砕ける波のように地面が盛り上がって男の身体を呑み、男はもう一度、それも別の種類の叫び声をあげた。しばらくは黒い槍の頭が覗《のぞ》いていて、上下にぴくぴくと動いた。やがてそれもかすかな音をたてて一気に呑み込まれ、あとには薄く血の膜が残るばかりだった。

アリス夫人の滑らかなアイルランド語の発音に慣れた口から、およそ人の口から発するためのものとは言えぬことばが流れ出し、抑揚のない朗誦《ろうしょう》が始まった。大地の震動が彼女とその周りにいる人々に向かって伝わってきた。それはまるで魚雷のように、ぞっとするほどの正確さで進んできた。スパロウの手がくねくねと動いた。ド＝ブリニは呼笛を口にあてたまま、ピストルは引き抜いたものの使うのを忘れ、呆然《ほうぜん》と立っていた。

三人の伝令は、近づいてくる動きを見つめ、互いに顔を見合わせ……樹々のあいだに姿を消してしまった。クルー族の男は目を白黒させてランプを捨ててしまい、そのあとを追った。スパロウよりも素早く、アリス夫人はひざまずいて、足でランプをまっすぐに立てた。長い間繰り返して覚え込んだ術式を、夫人は一字一句落とすことなく唱えつづけた。

三メートルばかり先を鋸《のこぎり》の刃のような白い炎がさっと横切り、地面の中を這い進んできた死神を遮った。そして蟻《あり》が二硫化炭素に追い立てられるように、それは一気に開拓地の中央まではね返された。

ド＝ブリニは肝をつぶし、ひげ文字の並んだ書物のページに、ランプの光が当たるようにうずくまった女の方を向いて叫んだ。「やった！　あんたが止めたんだ」

開拓地の中央部が夜空に向かってせり上がり、その天辺に燃える炎から火の粉が雨のように降りそそいだ。人間たちは悲鳴を上げた——ある者は火に触れ、またある者は、中央に高くそびえるものから伸びてきた巻きひげにからみつかれて。

アリス夫人はなおも唱え続けた。

下ばえの枝がかさかさと音をたてた。「後ろだ！　船長」とスパロウが言った。顔には薄笑いが浮かんでいた。ド＝ブリニは振り向いて身構えた。密生した低木を左右にかき分けてみると、数フィート向こうに、武装した原住民が七人いた。一番手前の者は片足で左手にウィンチェスター・カービン銃の銃床を握っていた。右手はもと手首があったはずのところに古い傷あとがこぶのように盛りあがり、それで銃身を支えていた。

ド＝ブリニはブローニング銃を構え、その男の胸に三発撃ち込んだ。血のしみが黒い皮膚の上にあらわれ、まるで乳首がもうひとつできたみたいだった。撃たれた男は咳込んでカービン銃の引き金を引いた。至近距離だったため後ろに吹きとばされたド＝ブリニは、シャツの亜麻糸が焼け焦げるほどだった。

スパロウはくっくっと笑って、原住民の鼻柱を撃ち抜いた。馬にでも顔を蹴《け》られたように、男の首が後ろにのけぞった。他の黒人たちも動き出したが、スパロウはガットリング機関銃でも使ったみたいに、ひとり残らず一気に撃ち倒した。大型の拳銃二丁を交互に発射し、一発一発のオレンジ色の閃光を使ってもう一方の標的を照らし出したのである。目の前に撃つ目標がなくなるまで、スパロウは撃ちやまなかった。あとには死体が累々と横たわり、まだひくひく動いているものもあった。あたり一面、白煙と死臭がたち込めていた。ケラケラ笑うスパロウのうしろで、アリス夫人は朗誦を続けていた。

土から生じた太さ五十フィートの円柱状のものが、周りを囲んでいる森の巨木よりもなお高くそびえ脈打ちながら、あたりの闇を睥睨《へいげい》した。そこから稲妻のような光が閃《ひらめ》いて闇を貫き、見る者の目に地上の凄惨《せいさん》な光景を凍りつかせた。中心の首状の部分のつけ根を取り巻くように、赤みを帯びた黄金《こがね》色の巻きひげのようなものが生えており、水晶を含んでいるみたいに全体がきらきらと光っていた。巻きひげは絹のようにしなやかに兵士の間をくねくねと動き回り、それがくるくると巻き込んで締まったときは、石のひき臼のようにぎしぎし擦れ合って、中央の柱の部分の側面に十ヤードあまりにも血が飛び散った。巻きひげは森林警備兵も、アフトゥのために踊った者も、なんら区別なく襲った。

アリス夫人は朗誦を止めた。その巨大な柱は波打ち、空に向かって屈曲し、その尖端《せんたん》は獲物を追う恐竜の鼻づらのように、何かの跡を追っていた。「まったく何て奴だ！　畜生め！」スパロウは吐くように言い、無駄と知りながら拳銃を向けた。

アリス夫人はさらに五語唱えて、書物を放り出した。地面が炎となって爆発した。

それは急に起こったことではなかった。火花がごうごうと音をたてて燃えあがり、開拓地は、神が溶けた鉄を注ぎ込む大釜のようであった。アフトゥである黒い柱は大きく身をくねらせ、あたかもかがり火にくくりつけられたコブラのようだった。熱が生じたわけではなく、光そのものがその目を焦がし、むき出しになってのたうち回った。まるでホコリタケを裂いたみたいに、突然、アフトゥが吸い込まれた。大地は、動く力を失うと同時に支える力もすっかりなくしてしまったように、ぼろぼろと崩れ始めた。最初、開拓地がいくらか窪んできた。それがやがて、中心部が膿《うみ》を出したできものみたいにぱっくりと口を開け、さっきまで地面の下を動きまわっていた筋が崩れながらも、ゆがんだ円柱を食いつくそうとしているかのように見えた。

爆発はあたりがかなり静かになってから起こったので、なおのこと驚かされた。地中の奥深くで何かが崩れるようなすさまじい音がした。そして、千トンもの岩石や土砂が、火山のような勢いで上空に吹き上げられた。まるで生き物のように大地が身を震わせると、中央の大きな塊に何条もの筋が走った。なかには、その筋によって一マイルも地面が引き裂かれたところもあった。しばらくして、土砂が樹々の上に降り始め、軽いものは風下の空一面に広がり、大きい石は木の葉の上に幾層にも積もった。しかし、それはただの土にすぎず、樹々が根を伸ばして命のないものから命を引き出す、どこにでもある土と何ら変わりはなかった。

「なんとまあ、あなたはとうとうあれの息の根を止めちまった！」スパロウはつぶやき、愕然《がくぜん》として新しくできた破裂口をじっと見つめた。この惨状を照らし出すものは、銀色の三日月以外、何もなかった。そして、驚くほど大勢の森林警備兵たちが、逃げ込んだジャングルからぞろぞろ戻ってきた。仲間や踊り手の死体の間を歩きながら、冗談をとばしている者も中にはいた。

「わたしは何も殺しはしなかった」アリス夫人が言った。両ひざに顔を埋めていたので、声はしゃがれ、くぐもっていた。「外科医が癌を殺せないのと同じこと。見つけたところを切除しても、必ずいくらかは残ってしまう。それがまた大きくなって広がるのがわかっていながら、それでも手術をする……」

彼女は頭を上げた。開拓地の向こうからトローヴィル大佐が近づいてきた。いつものようにきりっとして冷静で、中央のドロドロになった場所を避け、小屋の中で見つけたらしい二歳ぐらいの子供を抱えたベインガ族の一団も避けて通った。そのうちのひとりがその子供の足首を摑んで、切断したのどから血を抜こうとし、仲間たちは薪を集めているところだった。

「でも、あれを崇める者がいなかったら」とアリス夫人はことばを続けた。「膿をぬいて、はれものを散らす者がいなかったら、人間は……いや、この世のいのちあるものすべてがおしまいでしょう——われわれの言う生命のみならず、他の世界に棲《す》むものが生命と見なすものまでもが……でも、わたしたちが生きているうちには、アフトゥが戻ってくることはないでしょう。それにしてもあの原住民たちは、なぜ真っ先に自分たちを滅ぼしたかもしれないものに身を捧げたのでしょう?」

スパロウがまたくっくっと笑った。アリス夫人は近づいてくるベルギー人の大佐から目を移し、何がおかしいのかと、スパロウの顔を覗き込んだ。

「つまりこういうわけだ。あの連中が悪の側にいるとすれば、そのおかげでおれたちは善玉になれるってことさ。いままでこんなこと、考えたこともなかったが」

彼はまた笑い続けた。子供を串刺しにしたベインガ族たちの笑い声が、伐採地の方からひびいてきた。やすりをかけて尖《とが》らせた歯の先端が、月の光を受けて宝石のようにきらめいた。

（遠藤勘也＝訳）

パイン・デューンズの顔

R・キャンベル

The Faces at Pine Dunes
Ramsey Campbell

両親が口論を始めたので、マイケルは表に出た。トレーラー・ハウスの薄い壁を通してまだふたりの声が聞こえる。「まだ留まることはないわよ」母が説得するように言う。

「留まった方がいい」と父の声。「放浪生活はいい加減に切り上げてもいい時さ」

しかし、なぜ母はここを離れたいのだろう？　マイケルはトレーラー・ハウス用の駐車場、パイン・デューンズ・キャラバンサライを見わたした。彼の周囲にはトレーラー・ハウスの金属の集落が広がり、十一月の午後の陽に冷たく光っている。前方に見える砂丘の向こうにはまどろむ海がヒタヒタと音をたて、残る三方を囲む森は秋の名残りをとどめて、木々の梢がわずかに色づいて見えた。枝先に、落葉寸前の黄金色の葉が遠目にもぼんやりと見分けられた。彼は静寂を吸い込んだ。

この新しい土地で、すでにくつろいだ気分になっていた。

母はまだ諦《あきら》めずに、父親に食いさがっている。「あなたはまだ若いわよ」

冗談じゃない！　マイケルは思った。お世辞のつもりだろうか？　「私たち、まだ見てない所がたくさんあるし」母は物欲しげに言った。

「見る必要もない。ここに留まるのが一番だ」

両親の話題はなかなか進展せず、金属の壁に遮られて切れぎれに聞こえてくる声に、マイケルは苛立《いらだ》ってきた。ここに留まると、はっきり決めて欲しかったのだ。少年は急いでトレーラーの中にもどった。「ぼくはここにいたいんだ。どうして年がら年中あっちこっちへ動き回らなくちゃならないんだよ」

「おまえは入って来るんじゃない。母さんにそんな言い方をするやつがあるか」父が怒鳴った。

表にいればよかった。父の怒鳴り声がただでさえ狭苦しいトレーラーの中をいっそう窮屈に感じさせ、おまけにその存在が前にも増して抗しがたいものになった。肩で息をつく父の巨体が寝椅子の上にどっかりと座り、重みで椅子がたわんでいた。その横のわずかに残された隙間に、小柄で、か細い母がちょこんと腰を下ろしている姿は、まるで隙間に合わせて押しつぶされたようであった。ふたりを見ているとマイケルは息の詰まる思いがした。

「ぼくは出掛けるよ」彼は言った。

「出掛けないで」母が哀願するように言った。なぜそんな言い方をするのか、少年にはわからなかった。

「もう話はすんだわ。あなたもここで何かしなさい。勉強でもしたら？」

「行かせてやれよ。土地の人間に早くなじんだ方がいいんだから」このまま出掛ければ、父の言葉に従ったことになる。そう思うとマイケルは腹が立ってきた。「ちょっと、その辺をぶらつくだけさ」こう言っておけば母の気も安まるだろう。それに父ががっかりすることも彼にはわかっていた。

「戸口のところでマイケルはちらっと振り返った。母が何か言おうとして口を開けたが、言葉は父の方から飛んできた。「ここに留まる。もう決めたんだ」それでこれから横になろうって言う腹なんだろう。マイケルはまだ不愉快な気分のまま考えた。親父ときたら、ごろごろするしか能がないんだから。彼は苦々しく思った。あんなにブクブク太るのも、そのためさ。彼は忍び笑いをしながら外へ出た。ここ二、三年のあいだにめっきり体重をふやした父、その父が腰を落ちつけるためにトレーラー・ハウスの駐車場にやってきた姿には、己れの墓にたどりついた巨象の感があった。

外気は冷え込んできた。マイケルはアノラックのフードをかぶった。トレーラーのカーテンは引かれ、内側から明かりが洩《も》れている。半透明の薄紙に似た翡翠《ひすい》色の空を背景に森の木々が入り組んで、整然と立ち並んでいる。彼は海に向かって砂丘を登りはじめた。しかし、海辺は空が暗く曇り、泥土のような黒波が怒り狂ったように逆巻いては吹きさらしの砂浜に砕け散っていた。少年は森の方へ向きを変えた。背後の草のあいだでは、砂がシューシューと音をたてていた。

強風にあおられ、森の木々は踊っていた。木の葉の群れが宙を舞い、網の目のように伸びた小枝の先ではためいている。マイケルはキャラバンサライへの進入路から分岐した細い径へと入っていった。雑木は間もなく姿を消して、一面の松が取って代わった。厚く積み重なった松の落葉の上に、松毬《まつぼっくり》が編み細工の卵のように転がっている。見わたす限り敷きつめられた落葉は、たそがれの薄明かりのもとで濃いオレンジ色に輝いている。オレンジ色のタペストリーの下からすらりと細い松の幹が伸び、果てしなく続く松並木の彼方《かなた》は夕闇の中に消えていた。

ひたすら小径を進んでいたマイケルは、いつの間にか森の中に迷い込んでいた。巨木が松を押しやり、頭上に枝を広げて絡み合わせている。もつれた枝のあいだから覗《のぞ》く空の紺は一層濃くなり、三日月が枝から枝へすべるように動く。樹間を埋める灌木《かんぼく》は奥へ入るにつれ丈が高くなり、密生してくる。小径が曲がってくれれば元の道へ戻れるだろう。

土が柔らかくなり足を闇の中に吸い込んでいた。灌木はとうとう頭上を閉ざしてしまった。ほとんど何も見えないまま彼は径が曲がっている所を求めて、必死に藪《やぶ》の中を進んでいった。耳もとで木の葉のすれ合う音がする。ひからびた唇が触れ合うような乾いた無感覚な音である。不意に灌木のトンネルの天井がひどく低くなった。先へ進むには腹這《はらば》いになるしかないようだ。

彼は身をもがいて何とか後ろ向きになった。両側から茨《いばら》の棘《とげ》が袖《そで》を引っかける。暗い行く手はぼんやりと二列に並んだ灌木の壁に囲まれ、すっかり塞がれていた。もつれた枝が形造るアーチの下は早くも真夜中のように暗かった。この闇が、したたか者で爪を立てて引っ掻《か》くのだ。頭上に張り巡らされた枝のあいだから覗く夜空は、トンネルの中を照らすほど明るくはなかった。

彼は懸命に藪を押し分けて先を急いだ。だが、ようやく二、三歩前に進んだと思った時、大きな釘の形をした黒い影が不意に行く手を遮った。気を落ちつかせようとあせりながら、マイケルは藪の中を右へ左へ身をかわした。気がつくと小径は消えていた。闇にまぎれて道に迷ったのだ。身のまわりでささやくような、かすかな物音が聞こえるのだが何も見えない。

マイケルは自分を呪いはじめた。いったい何を血迷ってこんな所へ入り込んだのだ？　よりによってこんな時間に探検するなんて！　この森はどうしてこう際限もなく続いているのだろう？　少年は出口を求め、手探りをしながら、茨の棘を突き進んだ。やっと出口を捜し当てたと思えば身体《からだ》がどうしても通らなかったり、暗闇は偽の小径がはりめぐらされた迷路であった。

結局トンネルの入口のところまで戻って腹這いになる羽目になった。両手をつくと、目にこそ見えないが、泉が地面から湧き出しているのが、ひろげた指に感じられた。先に進むにつれて、ますます藪はたわんできて棘が身体に突きささった。皮膚が破れ、ヒリヒリと痛む。頭に血が昇ってかっとするたびに、冷水を浴びせかけるような夜の寒気が心を挫《くじ》けさせた。

しかし、もっと気持ちの悪いことがあった。彼が這い進むと、のしかかるような闇が、あるいは闇の一部が寄りそってついて来るような気がしてくるのだ。誰かが後をつけて来るように、トンネルの外側で四方からとり囲んでいる気配。彼が止まると足音もやむ。トンネルの出口までついて来る様子だ。

ただの想像なのだろう。茂みの向こうから無気味に迫ってくる木の幹のせいで、おかしな気になるのかもしれない。枝のきしる音とさらさら揺れる木の葉の音を除けば、トンネルの外には何の物音もしないじゃないか。足音なんてとんでもない。彼は這い出した。歩を進めるにつれて起こるジトッとした耳ざわりな音は、たぶん自分が出しているのだろう。しかし彼が歩調をゆるめると黒い影もそれに倣った。ひょっとしたら、この茨のトンネルは袋小路になっているのではないか？　自分は罠にかかるのかもしれない。急に気が動転して、彼は無我夢中で後ろへ這い出した。

茨の妨害どころではない。きっと無意識に茨をむしり取っていたのだろう。息をはずませながらも、周囲がわずかに明るんできたのを見て、ほっとした。まわりの茂みは以前に劣らずびっしりと生い揃っている。彼は最前通ったと思う道を、大股に戻っていった。障害物に行き当たると、横の藪を押し分けて前へ進んだ。狼狽《ろうばい》で狂暴になってきて、負けるものかという一念から茨の茂みと格闘し、掻きむしった。両手は傷だらけになり、衣服の裂ける音もした。茨が相手では無理もなかった。

ようやく空地にたどりつくと、少年は大きく溜め息をついて心の平静を取り戻した。次にたしか道路があったと記憶している方向を目指して、危険のない程度にできるだけ早足で歩みはじめた。頭上には黒い網目状の枝が揺れ、そのあいだに星が見え隠れしている。一度、荒れ狂う森の真っ只中で近くの藪を、どっしりと大柄な人物が突き進んでいく音を耳にしたように思った。誰かは知らないが、幸運を祈ろう。前方の柵を巡らせた暗闇の中に明かりを灯した小さな窓がいくつも浮かんでいる。道には迷ったけれども、とうとうトレーラーの駐車場を捜し当てた。

家にたどりついた。少年は顔をほころばせて明かりの中へ駆け込んだ。金属の壁にはさまれた細い隙間のすみで水の滴《したた》るシャツが首の部分から吊り下げられ、荒々しく窓を叩いていた。少年のトレーラーには明かりがついていなかった。居間に入ってみれば、寝椅子の上に読みさした本のようにメモが置いてあった――『出掛ける。帰りは遅い』母の添え書きに『夜ふかしはだめよ』とあった。

マイケルは前から友だちを欲しがっていた。今こうしてひとりぼっちでいると、トレーラーの中は明るすぎ、いかにもしらじらしい感じがしてくる。まるで家具付きの缶詰めだ。コーヒーをいれ、面白くもないペーパーバック本を漫然とめくってみたり、ポケットサイズのチェスの箱を開けたり閉めたりしていたが、やがてみやげ物の箱に手を伸ばした。箱の中には貝殻やツルツルした石、超小型の聖書、まがいものの雪球などがゴチャゴチャつまっていた。雪球の中には雪男とおぼしき大きな人影が、無気味な様子で家の前に佇《たたず》んでいる模型が入っていた。ハロウィーンに被る仮面が何枚もはめ込んである電池の切れた懐中電灯もあれば、くすんだ灰色の指輪もあった。金属指輪の丸く膨らみ出た凸部に、虹のような色がゆっくりと変色しながら浮かび上がる。このボール箱には思い出がいっぱい詰まっているのだ。セヴァーン渓谷、ウェールズの丘、ブラックプールの華美な町並み……だが指輪をどこで手に入れたかは思い出せなかった。今夜は記憶がおぼろげで、思い出に浸る気分ではない。

少年は両親の部屋へふらりと入っていった。部屋は古道具屋の店先のようだった。父の大きな金属製の箱が置いてあったが、例によって鍵がかけられている。だがそんなことはどうでもいい。どうせ父の古本など読むつもりはないのだから。彼は避妊用具を捜した。だが予期に反してどこにも見当たらない。きっとあのふたりはそんな物には用がないのだろう。気の毒な連中だ。一体全体どういう風の吹きまわしで、あんな不釣合な夫婦から自分が生まれたのか見当もつかなかった。

やがて両親の部屋を出ると、風の中で絶え間なく揺れ動き、虚ろなうなり声をあげるトレーラーにひどく腹が立ってきた。外へ飛び出して松並木の道を一目散に駆け出した。風が松葉をどよめかせて吹き抜けていく大通りに出れば、リヴァプール行きのバスが来る。だが、リヴァプールへは何度も行ったことがあった。彼は逆方向へ行くバスに飛び乗った。

バスはガラガラに空いていた。二、三人の乗客が明かりのついたロマンス・シートに納まっておしゃべりしている。でこぼこの田舎道を縫って行くバスの窓外を闇が流れ、ときどき生け垣がぼうっと浮かんでは消えていく。ヘッドライトが放つ光の輪に蛾《が》が飛び交い、一度などリスが飛び出した。前方の空はほのぼのと明かるみ、そこだけ夜明けが訪れたようだ。影絵のような家並みの後ろから明かりが見え出した。路幅が広がり、街灯が点ってきた。

村の十字路に近い広場でバスは停車した。乗客は襟に首を埋めて、そそくさと散っていった。またたく間に通りから人影が失せ、バスは明かりを消した。折りたたんだ日除けが窓際に引き寄せられ、カタカタと鳴っている。結局のところ、街なかへ行くしかないのだろう。何しろここで足留めを食っているのだから。少年は時刻表を調べた。なんと、最終までに二時間もあるではないか。

マイケルは灰色の石造りの家が並ぶ道をあてもなく歩いていった。街灯は銀色に輝き、商店のショーウィンドウを照らし出している。花形に結霜したウィンドウ・ガラスの奥で、商品が影のようにぼんやりと認められた。家々の窓のカーテンが暖かそうな光沢を放ち、煙突からけむりが立ち昇っている。敷石を踏む靴音が金属的にひびいた。歩いても歩いても道は続く。延々と続くひと気のない道。ようやく通りが賑《にぎ》わいを見せてきた。道端に止めた車が鈍く光っている。前方のビルの壁にネオンの看板が掲げられている――「午前四時」――クラブだ。

しばらくためらっていたが、やがて階段を下りていった。新型のスポーツカーなどとはおよそ縁遠い人種に見えるかもしれないが、ともあれ、凍てつく通りをうろつくよりはましである。石段を下り切ったところにドアがあり、その横に机がひとつ置いてあった。机の後方に鼻のつぶれた男が夜会服を着て座っていた。「会員の方でいらっしゃいますか?」男はいかにも服装に似つかわしい口調で言った。

色あでやかな薄暗い室内は、マイケルが想像した以上に劣悪な雰囲気であった。ダンスフロアで無気力に踊っているカップルはギラギラする極彩色の照明を浴びて、人形のように見える。そこかしこに群がる人々はいなか訛《なま》りで怒鳴り合い、身をゆすって笑いころげている。笑いながらマイケルを見つめている者もある。モーターボートがどうの、血に飢えた過激派がどうの、誰それが三度目の中絶をしたのという話が彼の耳にも飛び込んできた。彼は見知らぬ人に近づくのを億劫《おっくう》がっているわけではない。と言うよりは、平気で近づけるようになりたかった。だが、どうやらここの人々はじろじろと彼を見ながらも無視している。

入口で払った三ポンドの入会金には飲食代も含まれている。そのはずだと少年は考え、ちょっと軽蔑《けいべつ》的な態度のバーテンにビールを注文した。低い裸テーブルのひとつにジョッキを運んできたバーテンは、床板を踏み鳴らしている少年のブーツをじろりと見た。ブーツをはいてどこが悪い?

ちゃんと磨いてきたんだ。ビールを長もちさせるために軽くすすってから、ジョッキで鈍い光沢を放っている液体をじっと見つめた。

　誰かがテーブルの向かい側に座った。初めは見むきもしなかったマイケルも、あまりにしつこい相手の視線を感じて、とうとう顔を上げた。いったいこの娘はどうしたというのだろう？　自分は見せ物にされているのだろうか。人ごみに出て疎外感を味わったことは、これまでにもたびたびあったが、この時ほど自分が珍奇に感じられたことは一度もなかった。身を守るように骨太の腕を丸く縮め、ぶざまな足を引き寄せた。

　だが女はほほ笑んでいる。大きく見開かれた目には少し風変わりな感じもするが、邪気はない。

「あなた、見かけない人ね。お名前は？」娘は言った。

「マイケル」その声は痰《たん》がからんだように聞こえた。彼は、咳《せき》払いをした。「マイケルっていうんだ。君は？」

「ジューン」女は薬でも飲みくだしたような渋い顔をしてみせた。「いい名前じゃないか」面目無いというような彼女の素振りを見て、マイケルは勇気がわいてきた。

「引っ越してきたんじゃないんでしょ？　旅行？」

　目つきといい、質問を捜しているふうな様子といい、なんとなく変わった感じのする娘だった。

「親がトレーラーを持ってるんだ」彼は言った。「いまパイン・デューンズ・キャラバンサライにいる。先週入渠《にゅうきょ》したばかりだよ」

「そうなのう?」ジューンは溜め息でもつくように言葉を引き伸ばした。「お船みたい。きっとすばらしいんでしょうね。あたしも欲しいな。いつも新しい物や新しい土地を見ていられるじゃない。この土地で目新しい経験をしようって言うなら、LSDをやるに限るわ。あたしはいまトリップしてるの」

マイケルの眉がわずかに上がり、微笑を浮かべた顔が戸惑いを見せた。

「そうよ」ジューンは笑いながら言った。「あそこにいる連中が聞いたら、腰を抜かすでしょうね。まったくやぼすけなんだから。でもあんたはちがうわ」

実のところ、どうしていいのかわからなかったのだ。娘のふたつの瞳孔は片方ずつバラバラに迅速な伸縮をくり返している。しかし、小さな顔には魅力があり、小振りのボディにはむっちりと大きな乳房が並んでいた。

「あたし、前に月が踊ってるのを見たわ」ジューンは言った。「もうじき薬が切れちゃうの。あたし、他の人を観察してみたくなったのよ。あんた、あたしがトリップしてるなんてわからなかったでしょ? あたし、意志の力で普通にしていることもできるのよ」

彼女は、本当は自分に話しかけているのではないとマイケルは思った。ただまともに聞いてくれる相手が欲しかっただけなんだ。LSDのことは彼も耳にしていた。「思いがけない時に幻覚症状が起こるって心配はないの?」

「フラッシュ・バックのことね。あたしは一度も経験ないわ。そんなのはいや」疑惑に満ちたマイケルの顔をじっと見すえていた彼女が言った。「薬を怖がることはないわ。昔はどんな人だってトリップしたものなのよ。魔女だってそうでしょ。ほら、ここにそのことが書いてあるわ」

彼女はハンドバッグの中を探って、一冊の本を取り出した。指が思うように動かないらしい。本は『イギリスの魔女術』という題名だった。「貸してあげる」彼女は言った。「仕事はあるの？」

しばらく考えてみて、彼女が話題を変えたことにようやく気づいたマイケルは、「いや」と言った。「学校を出てからまだ間がないんだ。いつもあちこち動き回ってたから、補習授業を受けなくちゃならなかったし。ぼくは二十歳だ。すぐに仕事を見つけるつもりだよ。ここに留まることになりそうだからね」

「あれがいいんじゃない？」バーの後ろに貼ってある〝バーテン見習い求む〟と書かれた紙を指さして彼女は言った。「あの人をクビにしたいんじゃないかしら。評判が悪いのよ。あなたみたいに愛想のいい人が入ればきっとお客がふえると思うわ」

これも幻覚症状による繰り言なのだろうか？　女がふたり、仲間に別れを告げて、こっちに向かってきた。「帰るわ、ジューン。近いうちにまたね」

「ええ、そうね。ねえ、この人マイケルっていうの」

「よろしく、マイケル」

「またお会いしましょう」

たぶんまた会う機会があるだろう。つまるところこうした連中はそれほどのワルではないのかもしれない。マイケルはビールを飲み干し、もう一杯注文した。ところが、値段を聞いて縮みあがり、求人広告に見入ってしまった。ジューンは酒はいらないと言った——「それは鎮静剤よ」それからふたりはマイケルの遊歴のこと、ジューンが日頃抱いている不満のことなどを話した。ジューンはまた、店を出る時に払う金がないとも言った。マイケルが帰る時間になるとジューンは彼に言った。「会えてよかったわ。あなたが好きよ」そして彼がテーブルを離れてからも後ろから声をかけた。「もし、あの仕事にするんなら、あたしもここへ来るわね」

闇がマイケルの目をふさいでいた。闇は彼の上に重くのしかかり、蠢《うごめ》いていた。ただの闇ではない。肉の感触である。彼の下を、まわりを、そして上を眠気をさそう物体がやみくもに這い回る。闇は巨大で、彼もまた巨大であった。闇が絶えず蠢くにつれて、泥か肉の音が聞こえた。

彼自身も動いていた。ただ絶え間なく動いているというだけではない。全身がユラユラと定まらず、自分の身体がどんな形なのかもはっきりしない。これかと思うと、途端にまた形を変えてしまうのだ。心も揺れ動いている。身のまわりで荒々しくこすれ合う大きな物体、地上のものとも思われない物体に心は虜《とりこ》となった。現実の記憶とも空想ともつかないものが、ぼんやりと心をよぎる。石の輪。蜂の巣のように穴だらけの山。穴の入口にぼんやり浮かんだ、泡のかたまりのような沢山の顔。石と海の下の、夢みるような大きな目。茨の迷路。彼自身の顔。しかし、なぜ自分の顔が記憶の領域に入ってしまったのだろう？

目が覚めた。夜明けが濃霧のように息を詰まらせ、あえぎながら身を横たえていた。しかし、大丈夫だ。夢の中で思い出したらしい顔は自分のものではない。骨太の身体は以前同様ひょろりとして、巨人のようにはなっていない。にもかかわらず、巨大な影はそこにあった。頭上の窓のところにぼうっと浮かんで、大きく広がった顔がじっとマイケルを見下ろしていた。

目を覚ました。暗闇をまさぐって電灯のスイッチを捜し、身をよじって寝椅子の縁に腰を掛けた。また寝込んでしまわないように、毛布を両足にからませた。トレーラーの内部は殺風景でガランとしていた。半開きになったドアの向こうに両親の部屋が見える。ベッドは乱れたようすもなく、ひと気はなかった。

たしかに前にも同じ夢を見たと思った。窓のところにはりついていた影はどういうわけか子どもの頃に見た風車――いつ、どこで見たかは思い出せない――と結びついている。子どもの頃、祖父母と一緒に住んでいたのだろうか？　夢は明るい光の中で次第に薄らいでいった。時計を見れば午前二時を指している。しかし今の夢が頭から消えてしまうまでは、また眠る気にはなれなかった。

外に出ると風が吹き荒れていた。森は大きな唸《うな》り声をあげ、明かりを消したトレーラーが木の葉のように揺れて、ときおり係留部が鈍くきしんだ。後ろには絶え間なく打ち寄せる大海の逆巻く怒《ど》濤《とう》が黒くかすんで見えた。雲の切れはしが満月になりつつある月球をかすめて過ぎ、月光が絡みつく。しかし雲はするりと抜け出した。両親は車をおいていった。どこへ行ってしまったのだろう？おかしなことにマイケルは行先を知っているように思えた。しかし思い出すことはできない。なぜ、ふたりは夜のこんな時間まで家をあけるのだろう？

何かの音が瞑想《めいそう》を破った。風が運んできた音は、そのまま風に運び去られた。遠くから聞こえたような気がした。だとすれば大きな音であったにちがいない。人間の言葉なのだろうか？　大怪我をした人が声を限りに助けを呼んでいたのだろうか？　黒い叢雲《むらくも》の流れに月の光がまたたいていた。とりとめのないことをわめき散らしているのは、恐らく酔っ払いであろう。マイケルは森のはずれをじっと見つめて、両親のことにあれこれと思いをめぐらせた。光と風の中で木の葉がさまざまな変化をみせる。彼は肩をすくめた。両親の夜間外出には充分に馴《な》れていい頃ではないか。

トレーラーに戻って、ドアをばたんと閉じた。夢はまだ消えていない。窓に浮かんだ頭には、どこか奇怪なところがあった。大きさは別としてもだ。大頭のなんとも薄気味の悪い泡を思い出させるのだ。この連想は初めて一連の夢を見た時から始まったのではなかったろうか？　しかし、夢のことなんかどうでもいいじゃないか。両親のことだってそうだ。ジューンのことを考えよう。彼はひとりでニッと笑った。

ひと月まえにマイケルがバーテンの仕事についてからというもの、ジューンは毎晩のようにクラブを訪れた。彼は一週間迷ったあげくにクラブへ行き、貼り紙について質問してみたのだった。バーテンは顔をしかめ、マネージャーを呼び出した。マイケルを摘み出してくれると思っていたらしい。しかしジューンが口を挟んでくれた。

「あたしの両親もマイケルのことはよく知ってるわ」「いいだろう。六週間働いてみてくれ。様子を見るからな」バーテンはマイケルに仕事を教えてくれたが、いつもどこか気取っていて二言目には小言を言うのだった。けれども客の方はマイケルに注文をしたがるようになった。みんながマイケルを迎え入れ、彼は自分が他人と親しめる人間であったことを知った。自分がよそ者だという意識は少しもなかった。

マネージャーは長い間ジューンの両親について何も聞かなかった。ジューンはマイケルを二、三度家に案内してくれた。彼女の両親は礼儀正しく、冷淡で、魅力があり、傲慢《ごうまん》であった。マイケルは長い足をなるべく椅子の下へ押し込めるようにした。そうすればズボンのすそでブーツが隠れると思ったからだ。そんなふうに気を使いながらも、自分がある点でこの人たちより勝っているという意識が常に働いていた。どういう点で勝っているのかは、わからなかったが。「あの人たちもあたしとはちがう人種なの」クラブへ行く途中、ジューンは歩きながら言った。「あんたのキャラバンにはいつ連れてってくれるの？」

マイケルには何とも言えなかった。彼女のことをまだ両親に話していない。仕事について話した時の両親の反応はあまりかんばしくなかった。母は悲しげにじっと息子を見つめていたが、それ以上の想いを内に秘めているようにも見えた。三人は狭苦しいトレーラーの内で、顔を突き合わせていたのだ。やがて母が、「街へ行ったらどうなの？　もっと良い仕事があるでしょうに」

「でもこれが性に合っているんだ」

「いいじゃないか」父が言った。「けっこうなことだ」父は取ってつけたように陽気な顔をして、他人を見るようにマイケルを見据えた。マイケルは父の視線に押しつぶされそうな、呑み込まれてしまいそうな気がした。むろんどうと言うほどのことではない。父親が息子の初めての職業、社会への第一歩を踏み出す記念すべき職業の内容を聞いて心安からぬ気持ちになった。ただそれだけのことだ。

「クラブに行く時車を借りてもいい?」

父はたちまち専横な態度になり、身をこわばらせた。「今んとこはだめだが、そのうちに鍵をわたすさ」

それ以上は何を言っても無駄のようだった。両親が夜間に車を使うことなどめったになかったが、マイケルは一度も鍵を預けられたことはない。いったい、ふたりは夜どこへ行くのだろう? 「おとなになったら話す」ではちっとも説明になってやしない。だがパイン・デューンズに来てから、たしかにふたりの夜歩きが前より激しくなったようだ。それに母が他所《よそ》へ行きたがり、あれほど熱心に父を説得するのはなぜか?

しかし、そんなことはどうでもいい。ふたりが出掛けてくれたら救われるような思いがする時がある。ひとりきりになれるからだ。トレーラーの中が広く感じられ、思いきり呼吸ができる。くつろげるし、圧倒的な父の存在に悩まされることもない。それにもし、あの夜ふたりが外出しなかったら、ジューンに会うこともなかったろう。

トレーラーが始終移動するおかげで彼は親しい友だちをつくる暇もなかったのだ。ジューンに会うまではどんな人間よりも、最新型のこの寝台にずっと愛着を感じていたのだ。ジューンは彼の心を捕らえた最初の女性であった。あのほっそりと小柄な身体、キラキラしてよく動く目、両手に余るほどの胸のふくらみ、彼女のことを思うと全身の血が騒いだ。

彼は長いあいだ自分が不能ではないかと気に病んでいた。以前、田舎の学校で、ある生徒がエロ小説を見せてくれたことがあった。その本には男女が快楽にあえぎ、ベッドがきしむ様子が描かれていた。小説を読んでからこっち、彼は何となく落ちつかなくなった。トレーラーの壁は薄く、となりの部屋の父がまるで夢の岸辺に打ち上げられた大魚のように鼾《いびき》をかき、ぜいぜいと呼吸するのが絶えず聞こえてくる。しかし両親が絡み合う音を一度も聞いたことはなかった。

両親の性衝動はマイケルが生まれた直後から急速に衰えたものとみえる。子どもをつくるという目的を達成した瞬間からかもしれない。自分の場合もやはりそれが欠けているのだろうか？　ぜんたい自分は衝動にかられるなんてことがあるだろうか？　あるさ。ジューンの上であえいだことがあったじゃないか。彼女の両親が家をあけた最初の夜のことだ。「ＬＳＤを飲んで愛し合ったらすてきでしょうね」ベッドの上で抱き合いながら彼女は言ったものだ。

「そうすればあんたとあたし、本当にひとつになれるわ。一心同体よ」ジューンの言葉には深い関心を寄せていた彼も、ＬＳＤを飲むのには抵抗があった。何だか恐ろしい気がしたからだ。

彼女が今ここにいてくれるといいんだが。トレーラーは揺れ動き、両親の部屋のドアがギーギーと音をたてて前後する。それに負けまいとするように浴室のドアもはでな音をたてる。腹立ちまぎれに部屋のドアをたたきつけた。窓に泡となって浮かんだ頭の夢は、不吉なものではあったにしても、今はどこかへ消えてしまった。もうじき眠りが訪れるだろう。彼は『イギリスの魔女術』を手に取った。退屈そうな本なので、すぐに眠気をさそってくれるにちがいない。それにこれはジューンの本なのだ。

表紙にも本文中にも裸の魔女が踊っている姿がたくさんあった。淫《みだ》らで扇情的な踊り、欲望をそそる歌、その他諸々。魔女たちはベラドンナなどの毒薬を服用したとある。きっとこれがジューンの興味を引いたのだろう。彼は漫然とページを繰り続けた。目がちらついて今にも瞼《まぶた》がくっつきそうになってきた。

不意に彼はページをめくる手を止めた。セヴァーンフォードという文字が目についたからだ。おやおや？　本にはこう書かれていた。魔女たちが暗い川の真ん中にある島に小舟をこぎ出し、月光を浴びた青白い石の前で、言語を絶する儀式を行うのは容易に想像される。しかしマイケルには、何の想像もできなかったし、してみようとも思わなかった。島を訪れる魔女の話は、今でもよく知られていると書いてあったが、それ以上読むのをやめ、ふたたびページを繰りはじめた。しかし二、三ページ進むとまたもその目は釘づけになった。

彼は新たに出現した地名をじっと見ていたが、やがて不承不承、索引を引いた。言葉の系列から、これ見よがしに浮き出している言葉がいくつか目に飛び込んできた。それらの言葉は彼の注目を待ちあぐねていたように、すばやく心の中に忍び込んだ。エクシャム、ウィットミンスター、オールド・ホーンズ、ホーリーヘヴン、ディルハム、セヴァーンフォード。どれもみな父がトレーラーをとめた土地である。そしていずれの地でも両親は夜になると出掛けていった。

マイケルが呆《ほう》けたようにいつまでも索引を見つめていると、いきなりドアが開かれた。射るような目でちらりと見てから、父は寝室に入っていった。「おいで」母に声をかけて、父はベッドの上にどっかりと腰を下ろした。ベッドのきしむ音。面喰らってぼんやりしていたマイケルの目に、座っている父のからだが落ちるゼリーのごとく溶けて広がっていくように見えた。母は言われるままに座ったが、おどおどと目をそらせていた。顔は青ざめ、怯《おび》えているらしい。恐怖のためだ！　マイケルは直感した。「寝なさい」父はマイケルにそう言って大儀そうに片足をあげ、ドアを蹴《け》って締めた。明け方近くまでマイケルは、きしみ揺れる暗闇の中に身を横たえ、黙々と考え続けた。

「ずいぶん、いろいろな土地をご覧になったんでしょうね」ジューンが言った。

「ほんの少しですわ」マイケルの母はこたえた。母の目は落ちつきなく動いている。怒りで気が高ぶっている様子だ。必死に忘れようとしていたことを思い出させられたのかもしれない。やがて母はもがき苦しんだすえ、勇気を勝ち得たように、ようやく口を開いた。「これから、もう少し見られるかもしれませんわ」

「いや、そうはいくまい」父はそう言って、重たい荷物を落とすようにドスンと寝椅子の上に座った。トレーラーの中には四人も詰め込まれているので、なおさら父が場所を取っているように感じられた。父の存在は周囲を圧倒した。

しかしマイケルは負けてはいなかった。父の顔を正面から見据えながら詰問したのである。「ぼくたちが今まで回ってきた土地は、いったいどうして選んだの？」

「理由があったんだ」

「どんな理由？」

「いつか話すさ、今じゃなくてね。お前もガールフレンドの前で言い合いをしたくはなかろう？」

ぎこちない沈黙を破ってジューンが言った。「あたし、ほんとに羨《うらや》ましいわ。どこへも行けるなんて」

「あなたもいらっしゃりたいでしょう？」マイケルの母が言った。

「ええ、とっても。広い世界を見たいですわ」

母はストーブから振り返った。「ぜひ、いらっしゃいな。お若いんですもの。マイケルにとっても損にはならないでしょうし」

一瞬母の目がかすかな光を帯びた。マイケルは嬉しかった。母がジューンの放浪癖を是認してくれたように思ったのだ。マイケルが、ジューンの求めに応じて、ここに連れてきた理由の第一は、彼女を母に認めてもらいたかったからなのだ。父が語り出すと、母はまた沈み込んだ。

「生まれたところに住むのが一番さ」父はジューンに言った。「どこへ行ったって、ここより良いわけじゃない。それはたしかだよ」

「ここにお住みになればわかるわ。すぐに頭がおかしくなってきますよ」

「マイクはここが気に入ってるんだ。そうだね、マイク？　ジューンに教えてやるといい」

「ぼくはここが好きさ」マイケルは言葉が喉《のど》につかえ、ジューンを引き合いに出した。「だって、君に会えたからね」

母は野菜を刻んでいた。コト、コト、コト。耳ざわりな音が金属の壁に反響した。「何かお手伝いしましょうか？」ジューンが言った。

「いいえ、けっこうよ」母はそっけなく言った。結局、まだジューンを受け入れてはいないのだ。

「そんなによその土地が見たいなら」父がきつい口調で言った。「どうしてお出でにならんのです？」

「今はまだ出掛けるわけにいきませんの。あたし、ブティックで働いてまして。前に買った服代を払うために、お金をためてるんですわ。それに運転ができませんから、誰かに乗せてってもらわないと」

「いい人が見つかるといいですね。でもマイキーがあなたとご一緒できるとは思いませんよ」

そんなこと、ぼくに聞いてくれよ！　そう叫びそうになって彼は、ひょっとしたらジューンは自分のことなど念頭にないのかもしれないと思い、口をつぐんだ。ジューンはただこう言うばかりだった。「旅に出たら、行く先々でいろんな物を集めるつもり」

「ぼくは大分集めたよ」彼は言った。「今でも少しは取ってある」彼はボール箱を彼女のところへ持って行き、みやげ物を見てやった。

「よかったらあげるよ」彼は衝動的に言った。もし受け取ったら、彼女に対してもっと自信をもってもいいだろう。「この懐中電灯は電池を入れれば使える」

けれども彼女はハロウィーンの面を脇に除けて指輪を手に取った。「これがいいわ」そう言って指輪を回して、さまざまな色がゆっくりと浮かんでは解け合い、散っていくさまを見守った。「トリップしてるみたい」彼女はささやいた。

「いいとも。それをあげよう」

父は指輪をじっと見つめていたが、やがて口もとをほころばせた。「いいね、それをプレゼントするのか。それなら婚約指輪にしてもおかしくない」

マイケルはジューンの気が変わらないうちに、指輪をその指にはめてやった。ジューンは戸惑った表情で言った。「すてきだわ！ お夕食の前に、マイクと散歩に出てもかまいません？」

「ええ、一時間くらいでしたらどうぞ」母はそう言ってから、心配そうにつけ加えた。「浜辺の方へいらっしゃい。霧が深いから、森の中では道に迷ってしまうわ」

はっきりしない霧だった。薄くなったかと見る間に、また濃くなる。トレーラーの中ではラジオがクリスマス・キャロルをうたっていた。ブロンズ色の太陽が海面すれすれにくっきりと浮かんでいる。海と霧がひとつに融け合って砂浜を覆っていくように見えた。ズルズルすべる砂丘を登りながら、ジューンは彼の手をからめて言った。「外に出たかったのは話をするためなの」

マイケルもそうであった。自分が発見したことを彼女に話したかった。それがジューンを招待した第一の理由なのだ。両親と対決するためにこの子の助けが欲しかった。ひとりで対決すればきっとしどろもどろになってしまうだろう。さっき父に詰問した時もやはりこの子の助けが必要だった。しかし何と切り出したらいいのだろう？　ぼくの両親が妖術使いだってことがわかったんだ、と言おうか？　君の貸してくれた本でね——。

「ちがうわ。本当は話したかったからじゃないの」彼女は言った。「あそこ、とっても雰囲気《ふんいき》が悪かったでしょう？　すぐに気分がなおって帰れると思うわ。でもあなたのご両親て変わってるわね。そう思わないこと？　お父さまがあんなに大きいとは思わなかったし」

「以前はぼくと同じくらいだったのさ。ここ二、三ヵ月のあいだでめきめき太ってきてね」ちょっと間をおいて、彼は内心一番恐れていたことを口に出した。「ぼくはあんなになりたくない」

「大いに運動をすることね。岬まで歩きましょうよ」

前方の砂浜に沿って見える、海に張り出した灰色の部分は霧ではなく陸地であった。ふたりはそこを目指してとぼとぼ歩んだ。彼のブーツが砂を跳ね上げる。ジューンはすべって彼の手をつかんだ。マイケルは自分の発見を何とか彼女に話そうと頑張ってみたが、用意していた言葉はすべて愚かしく感じられ、自分の声は心の奥で虚ろにこだまするばかりだった。いずれ必ず話はする。だが今日はよそう。そう心に決めた途端、肩の荷が下りて壮快な気分になった。彼は握りしめていた小さな手の感触を楽しんだ。「霧って好きよ」彼女が言った。「霧の中って必ず思いがけないものがあるんですもの」

ブロンズ色の太陽はふたりと一緒に進みながら沈みかけていた。海は絶えず表情を変え、こもったような唸り声をあげた。行く手の左側の砂丘越しに見える木立ちに霧がたなびいて、綿に棘が生えたように見える。ふたりは岬の近くまで来ていた。あたりはすっかり薄墨色に変わり、刻々と暮色を深めて、身を切るような寒さであった。岬の細い坂道はふたりにも難なく登れそうに見えた。

しかし頂上に登ってみると、骨折り損という感じがした。くすんだとび色の砂浜と砂丘、鈍い黄銅色にきらめく、ぼんやりとかすんだ海、それらの一画が柔らかな霧の流れに縁取られて浮かんでいる。その他には何の変哲もない風景だが、ひとつだけマイケルの目を捕らえたものがあった。それは遠くの砂丘の傍らに生えた一本の木である。あれは木だろうか？　木にしては枝が直線的で幹が太すぎる。突然はっと思い当たった彼は、そのまま岬の上を先へ進んだ。霧が少し薄くなった。それは木ではなく、風車であった。

海のそばに風車なんて！　「ぼくの祖父母はここに住んでた」だしぬけに彼は言った。

「まあ、そうなの？」

「君にはわからないことだ。祖父母はあの風車の近くに住んでいた。あの風車なんだ。ぼくには憶えがある」

ジューンが彼の狼狽に気づいたかどうかは、まだはっきりしない。彼の脳裡《のうり》には記憶が一度にどっとよみがえってきた。彼は祖父母の古ぼけたトレーラーの寝椅子に寝かされている。明け方の薄暗がりの中で、大きな頭がぼんやりと窓に浮かぶ。あの時もやはり夢を見たにちがいない。

彼はジューンの後ろから、小道を降りていった。冷たい霧がふたりの後を追ってきて岬をつつんだ。頭の中にいろいろな想いが漂い、渦巻いている。あの発見にどんな意味があるのだろう？ 祖父母のことは全く思い出せない。どんな顔だったかもわからなかった。あれはたしか父の両親だ。父が両親のことを一言も口に出さなかったのはなぜか？ 前にもこの土地に住んでいたことをなぜ隠していたのだろう？ 水平線をすべる太陽は大きく膨脹《ぼうちょう》して、燃える血のかたまりのように見えた。祖父母もやはり妖術使いだったのだろうか？

「マイクのお祖父さまとお祖母さまはここに住んでいらしたんですか？」ジューンが言った。

母はじっと彼女を見つめた。両手で支えたスプーンとシチュー鍋が歯がみするように小刻みに鳴っている。今にも悲鳴をあげて、何もかも放り出してしまうのではないかと思われた。台所用品も、自制心も、彼を守るために本心を隠して被っていた仮面も……。母はいつから仮面を被っていたのだろう？ 彼が子どもの頃からずっと被っていたのだろうか？ しかし母はどもりながら言った。

「どうしておわかりになったの？」

「マイクがそう言いました。風車を見て急に思い出したんですわ」

「食事はできるの？」マイケルがふたりの会話を遮った。父に問いただす前にもっといろいろと考えてみたかったのだ。しかしジューンは話を続けようと口を開けた。トレーラーの中は狭苦しくて息が詰まりそうだった。口を閉じろ！ 彼は心の中でジューンに叫んだ。もうよせ！ 「じゃあ、お祖父さまたちはここのお生まれですか？」ジューンは言った。

「いいえ、ちがいます」母は後ろを向いて野菜を皿に盛っている。ジューンは皿を取りに行きながら言った。

「それじゃ、どうしてこちらにいらしたんですの？」

こちらに向き直った母の顔は曇っていた。眉宇《びう》をひそめたその顔はしきりに答えを捜している。

「隠居ですわ」不意に母は言った。

父はうなずいて微笑を浮かべながら、ひだの寄った顎《あご》を突き出した。

「生存競争から引退するには格好の場所ですものね」ジューンは苦り切っている。父は気球がパンクしたように息を吐いた。

食卓についてからも、ますます窮屈な雰囲気になった。口をきくのは主にマイケルとジューンで、父と母はただじっと見守るばかり。ときどき口を開いても二言、三言答える程度だった。母は不安げな面持ちでジューンを観察している。その目には嫌悪とも憐憫《れんびん》ともつかぬ色が浮かんでいた。マイケルの胸に怒りがこみ上げてきた。母の不安そうな表情を見ているとむかむかしてくるのだ。忍び寄る宵闇が窓辺を暗く覆った。

父は胸をそらせて椅子の背にもたれた。椅子が、ひっくり返ったかと思うほど凄《すさ》まじい音をたてきしんだ。父は震える腹を軽くたたきながらジューンに目配せをした。「冬眠まえの食いだめってところですよ」

父はジューンとマイケルの肩にどさりと腕をのせた。「ふたりはお似合いだね?」

だが母はそれには答えず、外交辞令のように言った。「もう休ませていただきます。とても疲れてます。またお会いする機会もあるでしょう」

「ええ、きっと」ジューンが言った。

「必ずお会いします」父が大仰な言い方をした。

マイケルはバス停までジューンを送っていった。「クラブで会いましょう」キスの時にジューンは言った。薄暗い黄色のヘッドライトをつけてバスは走り出し、やがて闇に吸い込まれた。歩いて帰る途中、よじれた形の霧が樹間に大きく広がり、その横の暗がりで何か湿ったものが動いた。

彼は足を止めた。今のは何だったのだろう? ぼんやりかすんだ木々が押し殺したようなきしみ音をたて、薄く棚引いた霧が枝先からこちらへ流れてくる。闇の奥深くで何かが動く気配がした。不意に不確かな記憶が彼の脳裡によみがえった。それを振り払おうとするかのように、肌を刺す冷たい夜気の底で身ぶるいした。湿っぽいものが絶えず流れてくる。まるで森の深みが朦朧《もうろう》とした灰色の細い手を伸ばしてきて、心につかみかかろうとしているみたいだ。彼は素早く姿を隠している光に向かって進み出た。ふたたび湿ったものがゆっくり動く音がした。海の音だ。彼は自分に言いきかせた。海の音が聞こえただけさ。

空地に出ると、雲が切れて月がくっきりと浮かんでいた。空地のなかに巨大な物体が月光を浴びてキラキラ光っているのが見える。形の定まらない頭が、うつ向いていた顔を上げてこちらに向けた。

悪夢はリヴァプールの中央図書館まで彼を追ってきた。とはいえその場所と頭の正体を突き止められないうちに——本当に突き止めたかったかどうかはわからないが——影は薄れてしまった。しのつく雨と図書館の煌々《こうこう》とした明かりが洗い流してしまったのだ。彼は足早に、広い緑色の階段を昇ると「宗教・哲学」のコーナーへ行った。

棚から何冊かの本をおろした。『ランカシャーの魔女』、『北西部に出没する幽霊』、『幽霊多発地帯ランカシャー』などである。平凡な表紙が安心感を与えた。両親がこんなことに首を突っ込んでいると思うと馬鹿馬鹿しくなってきた。そのくせ、笑いとばすこともできないのだ。万一、両親が妖術使いだったとしても、自分にいったい何ができるだろう？　彼は憤然としてテーブルに本をたたきつけた。飛び上がるように大きな音がした。

読んでいくうちに次第に心は落ちついていった。『北西部に出没する幽霊』の索引にパイン・デューンズの名はなかった。彼は当面の目的とは無関係な部分に引き込まれていった。エバートン・ライブラリーに出没する絞首刑になった男の幽霊。バークデールのパレスホテルに出る悪戯好きの幽霊。ランカシャー地方に出没する冗談を言う若者の幽霊などの話があった。風雨が窓ガラスを打ち震わせ、蛍光灯がテーブルの上をしらじらと照らしている。仕切りガラスの向こう側には座って勉強する人々がおり、戸仕切りのない階段を、廃棄処分の書類を抱えた図書館員が靴音を響かせて上下する。マイケルは気を取り直して『ランカシャーの魔女』を開いた。パイン・デューンズの項があった。三ページにわたっている。

だが別に大したことは書いてなかった。何世紀も前からパイン・デューンズの森に魔女たちが集合するという言い伝えがあったというのだ。これは驚くほどのことではない。身を隠すためにはそれが当然ではないか？　そのうえこの記述はうわさに過ぎない。あの藪を掻き分けて森の奥まで確かめに行く物好きな人間はまずあるまい。何か変わった話はないかと思いながら『幽霊多発地帯ランカシャー』を手に取った。索引を見るとパイン・デューンズが五、六ページを占めている。

この書物の著者は、他の本では取り上げていなかった旅行者グループと面談した。著者は前置きで、話の内容は信憑性《しんぴょうせい》を欠くが非常に興味深いと書いていた。旅行者は暗くなってから、パイン・デューンズの道を通りたがらず、昼間でも子供を森に寄せつけないという。迷信家だと著者は指摘している。なんと、この書は三十年も前に書かれたものだ。旅行者が夜道を恐れる唯一の理由は、何か気味の悪いほど大きなものが道から一番遠い木の陰でチラッと動くのを見かけたという、つかみ所のない話が原因であった。だが、遠くからでは木立ちがきっと頑丈な壁に見えたにちがいない。その後ろが見えるはずはないのだ。

老衰のために、ときどき支離滅裂なことを口走る旅行者の談話があった。著者はこの話を信じたわけではないが、ただいかにも生々しく、異常な内容だったので掲載したという。ずっと以前この老人――あるいは別人だったか著者にもわからない――がひどく酔って旅行者用のキャンプに戻ろうとした。ところが途中で道をそれて、森の中へと迷い込んだのだ。狼狽した彼はやみくもに歩き回った末、とある広場にたどりついたという。しかしそこは彼が思った通り、目指すキャンプではなかった。地面はすべりやすく、足を取られて、そのまま窖《あな》に落ち込んでしまった。

窖だったのか、トンネルの入口だったのか？　底がぬかるみなので、打ち傷を負った以外は男は何事もなくすんだ。男は穴から這い上がろうともがいているうちに、さらに深い闇へ通じる抜け穴を見つけた。その闇は大きく広がりながら、ゆっくりと彼の方へ近寄ってきたのだった。動きに合わせて、ぬかるみの下を底から揺るがすような音が聞こえてきた。やがて闇は音をたてて分裂し、緩慢な動きの物体に姿を変え、鈍い光を発しながらまわりを取り囲んだ。恐ろしさのあまりに、彼は一気に窖の半分くらいまで飛び上がり、両手で岩をひっつかんで、身をよじりながら何とか窖から抜け出した。男は無我夢中で逃げた。翌朝、目を覚ましてみれば、からだ中を傷だらけにして家のベッドに転がっていたという。

ところでこの挿話が何の裏づけになるというのだろう？　パイン・デューンズ行きのバスの中でマイケルは自問自答を繰り返した。男は酔っ払っていたという。そうだろうとも。パイン・デューンズの話は他にもいろいろあったが、どれひとつとして忌まわしい内容のものはなかった。するとなぜ、両親は夜になると出掛けていくのだろう？　たぶん幽霊狩りか魔女狩りに行くのだろう。あるいは目撃した事実を本に書くためかもしれない。あの種の本を書くにはそれしか方法はないのだから。だがマイケルは母の仮面の下に隠された恐怖を思い出すと、心がふさぐのだった。

両親は眠っていた。父はベッドの上に小舟のように横たわり、間伸びした鼾をかいている。父の腹の陰に隠れて母の姿はほとんど見えない。マイケルはほっとした。顔を合わせたら何て言おうかと考えていたのだ。彼は初月給で買った自転車に乗って出掛けた。

自転車をこいで「午前四時」クラブへ向かった。両側に突き出した膝《ひざ》が上下運動を繰り返す。生け垣がゆっくりと通り過ぎ、緑の色が夕闇にかすんでいった。ダイナモの唸りが葉の中に吸い込まれる。登り坂になると腰を浮かして力一杯ペダルを踏んだ。ぼんやりした田園が眼下に広がり、海が鈍く光っていた。丘の頂で下り坂のスピードに入る身構えをしながら、どうしたら心の重荷を下ろすことができるか、まず手始めに何をすべきかを考えた。今夜、ジューンにみんな話してしまおう。

だが、彼女はクラブに来なかった。ライトが混み合った客を無造作なモノクロームに照らし出している。ディスコティックのレコードが唸りをあげ、ずしんずしんとひびく。たばこの煙が赤やピンクや紫に光って渦巻く。マイケルは、サービスに大わらわだった。ぼんやりと変色した、汗ばんだ顔がひしめき合って「マイク！　マイク！」と叫ぶ。それらの顔に重なって、絶えずマイケルの目に浮かぶ顔があった。そこにいないジューンの顔と母の顔である。母の目は恐怖を隠そうとしていた。彼は息が詰まる思いがした。挫折《ざせつ》感が身内にあふれてきて膨《ふく》れ上がり、押しつぶされそうな気がした。客の呼び声をよそに、彼は毒々しいピンクの煙を見つめていた。「家《うち》へ帰らなくちゃならないんです」彼はバーテンに言った。

「音をあげたな？」

「両親の具合が悪いんで心配なんです」

「おかしいね。来た時は何とも言わなかったじゃないか。まあ、とにかく、前はオレがひとりでやってたんだから」バーテンはマイクを放免し、店内に向かって大声で言った。「皆さん、今夜はオレで我慢してください」

街灯が途切れ、最後の明かりがマイケルの後ろへ消えていった。満月が一面に広がった叢雲の陰にかすんでいる。何マイルものあいだ、かすかな風のゆらめきが肌に感じられるだけで何も見えなかった。彼が父と対決したら母はどうするだろう？　泣きくずれるだろうか？　もし母が妖術使いであることを認め、もうマイケルにも話そうと言うなら、ことは簡単である。もし、母がそう言えば、である。月は大きな雲のかたまりのあいだでチラチラ光っていたが、やがて雲に呑み込まれた。

パイン・デューンズの道を自転車でとばした。早く帰らなくては。ぐずぐずしていて気が変わるといけない。車輪の下で砂利道が鳴る。黄色いライトが踊り、森の木々を照らし出す。森の深みがきしる。遠くの木の幹が押し分けられ、そこから巨大な顔がゆらゆらと覗いた。疲れすぎているのだ。むろん木の間は暗闇だけで何もなかったにきまっている。スピードをあげてキャラバンサレーに入っていった。明かりを消したトレーラーが断続的に現れては消えていく。彼のトレーラーにも明かりは点いていない。

たぶん両親はいないのだろう。マイケルはほっとしている自分に腹が立った。いや、ふたりはきっと中にいる。眠っているのだろう。父を起こせば寝呆けて本当のことを漏らすかもしれない。寝起きしなの父を審問官のように威圧してやるのだ。だが、両親のベッドはもぬけの空だった。

拳を固めて力いっぱい壁を叩きつけると、鈍い音が返ってきた。またしても、父に出し抜かれてしまった。彼は怒りに燃えて部屋を見回した。父の特大の背広が動物の抜けがらのようにだらりと下がり、母の衣服は抽《ひ》き出しにしまってあった。父の金属製の書籍箱が洋服たんすの上にのっていた。マイケルは憤然として目をそむけた。が、もう一度目を戻してみると箱の鍵がはずれている。

彼は箱を下ろして両親のベッドの上にのせた。しかしこの部屋では何とも落ちつかない。彼は箱を持って居間に行った。父が入ってきて読んでいるのを見たってかまやしない。むしろ望むところだ。箱の蓋《ふた》を引っ張ったがなかなか開かない。しばらくして、大きな音をたてて蓋は一挙に開いた。

その音には聞き覚えがあった。まだほんの子どもだった頃に聞いたもので、そのとき母は懇願するように言っていた。「せめて、子どものうちは、普通に過ごさせてやりましょうよ」しばらくして箱の蓋が締まる音がした。「わかったよ。時がくればあの子にもわかるだろう」父の声だった。

箱の中には印刷された本は一冊もなく、ノートが何冊か入っていた。みな大勢の人の手で書き継がれたものばかりだ。背の崩れた一番古いノートに使われているインクは、古い血の染みのように茶色い。最新のノートには母の筆跡がところどころに見られ、余ったページに概略の地図が書いてあった。オールド・ホーンズ、エクシャム、ウィットミンスター。だがパイン・デューンズのは一枚もない。地図の方は彼にもわかったが、テキストの言葉は皆目わからなかった。

大体は英語で書かれていたが、外国語の方がましなくらいだ。書物からの引用が大部分を占め、出典は『ネクロ』、『黙示録』、『グラーキ』、『断章』、『妖蛆《ようしゅ》』、『テオバルト』などとあった。どんな書物かは知らないが、見ていて彼は狂信者――自分の財産を残らずアメリカにいる男に与えたとか、あるいは以前マイケルを薄汚ないホテルに連れ込んで性格分析をしてやると言い、口から出任せを並べたてた類いの人間――が発行するパンフレットを思い出した。マイケルは、読みながら、頭をかかえてしまった。

彼はとうとうノートを投げ出した。母が書いた文章さえわけがわからなかった。中には発音もおぼつかない言葉がある。クスルフかクトゥルーか？　だがいったい、この言葉にどれほど重要な意味があるというのだ？

彼は肩をすくめ苦笑した。大分気が楽になってきた。両親の熱中していることが、こんなものだとしたら、愚かしいにはちがいないが害はなかろう。ふたりが長いあいだ巧みに彼の目を眩《くら》ましてきた事実の全貌《ぜんぼう》が、ほぼここに明かされたと言っていいだろう。彼らは徹頭徹尾正常であったのだ。邪悪なことが絡んでいるとはとても考えられない。要するに実業家によくある例で秘密の組織に名をつらね、部外者には通用しない隠語を使うといった類いなのだ。恐らく父は放浪生活のあいだに見つけた仕事に関連してこの団体に加わったにちがいない。

だが、ひとつだけ割りきれないのは、母の恐怖である。ノートに書いてある意味不明な言葉のどこに、恐るべき事柄が潜んでいるのかわからなかった。最後の手段としてノートを傾け、自然に開くページ、つまりこれまで特に頻繁に読まれたページを開いてみた。

時間のむだだ！　気持ちを集中して読んでみたが、ますます当惑するばかりである。彼は笑い出した。

「至福千年の懐胎」とはいったい何のことか？　「〈旧支配者〉の養い子」をどうするって？　「代々の再生」？　「その再生を繰り返すたびに霊魂の化身に近づく」？　「あらゆる次元に心を開くとき、霊魂の化身があらわれ、その化身の上ですべての心がひとつになる」ああ、あれのことか！　マイケルはげらげら笑った。だがまだ先がある。「薬物の摂取」、「婚外交渉」、「融合・合体」……。

彼は癇癪《かんしゃく》を起こしてノートを箱に投げ込んだ。目はチカチカ痛んで開けていられないほどだったが、それでもやめずに時間をつぶして読んでいた。トレーラーが何か巨大なものに引っ張られるように大きく揺れた。風だ。一番古い背綴《せと》じのないノートがほつれてきたので、まとめて打ち揃えてみると、中から封筒がすべり落ちた。

宛名は父の筆跡で大きく書いてある。最後の文字は引きつっていた。「マイケルへ。私がいなくなるまで開封せぬこと」彼は裏を返して封を切り始めたが、途中で手を止めた。父に対する、この不当な行為をいつか後悔するにちがいない。しばらく考えてから、彼は封筒をそのままポケットにしまい込んだ。うしろめたい気がしないではなかったが、箱をもとに戻すと、寝支度に取りかかった。闇の中で寝返りを打つたびに寝椅子がたわんだ。トレーラーは揺れながら、古ぼけた揺りかごのような音をたてている。

彼は眠った。母の低い声を耳にしたとき、自分が眠り込んでいたのかどうかは、定かでない。母の息を顔に感じていたところをみると目覚めていたにちがいない。「ここにいては駄目よ」母の声は震えていた。

「あなたのガールフレンドの考えは正しいと思うわ。行きたいならあの子と一緒にいらっしゃい。とにかくこの土地を離れるのよ」

闇の中から父の声が呼びかけた。「もういいだろう。眠ってるんだ。おまえはベッドにこい」

夜の闇と静寂があたりをつつんだ。だが夢かうつつか物音が聞こえる。駐車場からこっそりと車が出ていく音。トレーラーにひびかぬよう慎重に踏みしめる、ずっしりと重い足どり。両親の部屋のドアを用心深く締める音。しかし今は眠ることが肝腎だ。

父の声で目が覚めた。マイケルの寝室に向かって叫んでいる。「起きろ。車がないんだ。盗まれた」

瞼の向こうで明るい陽光がきらめいている。彼は真相を直感した。父は夕べ車を隠しに行ったのだ。ここから誰も逃さないために！　彼は身がすくんで動けないまま、取り乱した母の金切り声を待ち受けていた。だが母は押し黙っている。時間が静止したように感じられた。瞼をきつく閉じると、目の中に赤い色が広がった。

「まあ」ようやく母の力のない声が聞こえた。「あら、まあ」その声には単なる諦めだけではない。

何かが潜んでいた。無気力で無関心な声。突然、彼はジューンの本で読んだことを思い出した――魔女は薬を服用する。彼は目を剝《む》いた。きっと父は母に薬を盛っているのだ！

ほどなく警官が風車の近くに焼き捨てられていた車を捜し出した。「たぶん若い奴らのしわざでしょう」警官のひとりが言った。「またご連絡するかもしれません」マイケルの父は気落ちしたように首を振り、警官は帰っていった。

「乗らないときは鍵を外しておけばよかったんだ」父はもっともらしい言葉を口にしながら、気が咎《とが》めるようすも見せない。なぜ自分は夕べのことが言えないのだろう？　なぜ正面から、はっきりと言ってやれないのだ？　確信がない――夕べの物音は夢だったかもしれないのだから。自分の臆病さに憤慨しながら母を見た。母が必ず味方になってくれるとわかっていたら！　母はふらりふらりとさ迷いながら決然とトレーラーの掃除をしている。まるで気分は勝れないが、客があるから仕方がないというようだ。

やり場のない憤怒が、ようやく言葉を捜し当てたとき、言葉はたちまち尻すぼみになった。「大丈夫？」彼は母に向かって、きつい声を出してみたが、次にはもうしどろもどろになってしまった。「医者に見てもらった方がいいんじゃないかな？」

父も母も答えない。マイケルの不安は増し、不安が挫折感をあおった。茫然《ぼうぜん》として為す術《すべ》もなく、父の存在に呑み込まれていった。きっと今夜はジューンがクラブに来るだろう。誰かに話して人の意見を聞く必要がある。ひょっとしたら、ジューンが彼の想像をすべて立証してくれるかもしれない。

彼は顔を洗って髭《ひげ》をあたることにした。狭苦しい浴室でもひとりきりになれるのが嬉しかった。彼と両親は一日中身をすり合わせるように窮屈な思いをしていたのだ。不愉快にも、トレーラーは焦燥のぎっしり詰まった缶詰を連想させる。髭を剃《そ》っていると浴室のドアが勢いよく開いた。いつものことだ。鏡に映った自分の顔の後ろに父の顔が現れ、じっと彼を見つめた。

鏡がふたたび湯気で曇った。湯気の下で父の顔はプラスチックの仮面が火に焙《あぶ》られたようにくねり、歪《ゆが》んだ。マイケルは湯気を拭《ふ》き取ろうと手を伸ばした。しかしそのとき、すでに父のからだと感情が、彼の上にのし掛かっていた。振り返る間もないうちに父の腕がきつく彼を抱きすくめた。父の肉がはち切れんばかりに震えている。マイケルは身を堅くして呑み込まれまいとあがいた。何をしてるんだ？　ばか！　やがて、父はぶざまな格好で背を向け、重い足どりで去って行った。トレーラーが揺れ、ゴトゴト鳴った。

マイケルは大きく溜め息をついた。ああ助かった。あんなことが終わってくれて。彼は髭を剃り終えると、大急ぎで浴室を出た。父も母もこちらを見ようともしない。父は本を読むふりをしながら、調子外れの口笛を吹いており、母は、彼がそばを通りすぎると、ぼんやりした顔を向けた。自転車でクラブへ行った。

「ご両親はいいのかい？」バーテンが気のない口調で言った。

「わかりません」

「来てくれてよかったよ」皮肉を言っているのかもしれない。「洗い物があるんだ」

マイケルは、父のしがみつくような抱擁《ほうよう》をまだ肌に感じていた。何とかその感触を振り払おうと躍起になっていたので、バーで「マイク！」と呼ぶ大声を聞きながら、揉《も》みくちゃにされるのがむしろ嬉しいくらいだった。たとえジューンの姿がそこになくても。彼は常人との交流を歓迎した。ますます客が立て混んで、タバコの煙がむんむんする中を、あちこちと大股で歩き回り、馴れた手つきでサービスに励んだ。しかし、なおも膨れ上がった肉が熱く背中に押しつけられる感触がつきまとった。二度とあんなまねをさせるものか！　彼は狂暴な気持ちになった。二度とあんな——蛇口の下に受けていたジョッキが、彼の手からすべり落ちた。

「あっ、しまった」彼は叫んだ。

「何やってるんだよ」バーテンが怒鳴った。

父に抱かれたときマイケルは逃げ出すことしか頭になかった。だが、今ようやく父の素振りが、いかに末期的であったかということに気がついた。「両親が」彼は言った。「ふたりとも、ふたりとも悪いんです」

「言付けでもよこしたのか？　じゃあ、また帰らなきゃいけないんだな？　マネージャーに会った方がいいぜ。さもなけりゃオレが——コラ、ビールを見ろ、流しっ放しじゃないか！」

マイケルはあわてて蛇口を締め、人混みを掻き分けて、出口へ向かった。可哀そうに、というように顔をしかめて見せる者もあれば、ただじっと見つめている者もある。だがそんなことはどうでもいい。仕事のことなんか問題じゃないんだ。早く帰ってこれから起ることを、どんなことであろうと阻止しなければならない。戸口で誰かに突き当った。彼が避《よ》けると相手は立ちはだかった。「どういうつもりだ?」彼は怒鳴った。「どいてくれ!」それはジューンだった。

彼女は言った。

「ほんとにごめんなさい。夕べは来られなかったの。父と母に夕食に外へ連れ出されたのよ」

「そうか、わかったよ。気にするな」

「怒ってるのね、ほんとに悪かったわ。あんたに会いたかったのよ。帰るんじゃないでしょうね?」

「いや、帰らなきゃならない。あのね、親父とお袋の具合が悪いんだ」

「じゃあ、あたしも一緒に行く。途中で様子が聞けるでしょう? 看病を手伝ってあげるわ」階段を駆け上がろうとする彼の肩をジューンの手がつかんだ。「おねがいよ、マイク。このままおいていかれたら、あたし辛くって。駆けていけば五分くらいで最終のバスに乗れるわ。その方があんたの自転車より早く着くでしょ」

まったく! この女は親父より始末が悪いや。「いいかい」やっと階段を登り切って、彼は嚙《か》みつくように言った。「病気じゃないんだ。あのふたりは病気なんかじゃない」ジューンを振り切って駆け出そうとしながら、また吐き出すように言った。「あのふたりが、夜、何をしているかがわかったんだ。妖術使いなんだよ」

「まさか！」彼女は度胆を抜かれたようすで、しかし嬉しそうに言った。「母はこわがってる。父が母に薬を盛ってるんだ」それだけ言ってしまって、切迫した気持ちがやや緩んだ。頭の中にあることを全部吐き出したい気持ちになった。「今夜、何かが起こる」彼は言った。

「あんた、それを止めようって言うの？　あたしも行かせて。そういうことあたし詳しいのよ。いつか本を見せてあげたでしょ？」腑《ふ》に落ちない面持ちの彼にジューンは言った。「あたしを見たら、やめなければならなくなるわ」

彼が父と対決しているあいだ、ジューンが母の面倒を見てくれるかもしれない。ふたりは走っていってバスに乗り込んだ。バスは消灯して広場に止まっていたが、数分後には、のろのろと田舎道を走り出した。乗客を拾おうとしても一向に現れなかった。マイケルの不安はまたじりじりと募ってきた。自分の発見したことをジューンに説明すると、彼女はただ「ええ」とばかり返事をしながら、興奮し、夢中になって聞いていた。一度抑えきれなくなって笑い出し、こう言った。「あんたのお父さんが裸で踊っていたら、さぞかし気味が悪いでしょうね」彼が睨《にら》みつけると「ごめんなさい」と言った。彼女の瞳孔はかすかに、不規則な伸縮を繰り返している。

ジューンとふたりで、パイン・デューンズの道を駆けぬけていった。木の枝が目の前にたわんできて、きしみながら手招きをした。もし、両親がまだトレーラーを出ていなかったとしたら？　何と言えばいいのだろう？　また自信を失って、舌がもつれるのじゃないだろうか？　そうすれば、ジューンは恐らく事態を悪化させるにちがいない。窓が暗くなっているのを見たとき、彼は思わず安堵《あんど》の吐息を漏らした。だが念のために中に入り、ジューンに言った。「どこへ行ったのかはわかってる」

月の光と切れ目のない雲が夜空に広がり、くすんだ乳白色に輝いている。暗くすすけた風のそよぎが、鈍い光と交錯する。絶え間なく寄せては返す波の音。道端に立ち並ぶ裸木が黒い影となって細く、入り組んで空へ伸びていった。彼はジューンを急《せ》き立てて例の小道へ急いだ。

なぜ両親があの道へ行ったと、思ったのだろう？　何かが彼に告げたのだ。記憶の迷路かもしれない。それとも藪のトンネルだろうか？　あそこは秘密めいた場所だから。小道は曲がりくねって森の奥へ続いていく。かすかにきらめく月の光を木々の梢が不意に遮る。「幻想的ね」急ぎ足で後に従いながらジューンが言った。

松の木が尽きて鬱蒼《うっそう》とした雑木が網目のように頭上を覆ってきた。木の間隠れに覗く、どんよりと白みがかった空は、次第に濃くなる暗雲の流れに黒ずんで、やがて消えていった。森の中のあらゆるものが黒く、あるいは青白く見え、季節はずれの生暖かい夜に寒々と震えている。もつれた枝の影が小道を覆い、マイケルの足に絡みつく。丈夫な草の葉が足を引っ掛ける。周囲に密生した灌木は高くそびえて樹間をふさぎ、木の間隠れの空は次第に減少していった。「あれは何？」ジューンが不安そうに言った。

一瞬、彼はそれを人の足音かと思った。柔らかい土に食い込んだ足を引き抜くような、ぬかるみがゴボゴボと音をたてて、ゆっくりと足跡を埋めていくような、そんな音である。いや、だがそれはちがう。誰かが咳をしているのだろうか？　しかし人間の咳ほど大きな音でもない。そのうえ一生懸命に、あるひとつの音を出そうとしているふうに聞こえる。彼はなぜか、音の正体を突き止めなければならないという気になった。

灌木の茂みがさわさわと揺れている。ぬかるみの音は前方のどこかに消えた。彼がぼんやり心に描いたことはつかみどころがなくて、ジューンにどう説明していいかわからなかった。「動物かもしれない」彼は言った。「きっと何かにつかまったんだろう」

間もなくふたりはトンネルに着いた。彼はすぐさま膝をついて這い出した。小枝が耳のあたりを引っ掻く。爪で掻きむしるような乾いた音の合唱。だが、この前来たときよりも、障害物が少なく楽に進める。トンネルは誰か太った人間が通った直後のように、広がっていた。後ろに続くジューンは息をはずませ、闇の中に切れぎれの声を漏らした。
「トンネルの外側にあたしたちをつけてくるものがいるわ」いかにも気味悪そうに張りつめた声である。

彼は素早く出口まで這って行き、立ち上がった。「ここにはもう何もいないよ。きっと動物だったんだろう」

マイケルは奇妙な気分になった。のどかで安らかで、そのくせどこかに密かな興奮を感じている。

目はすっかり闇に慣れて、前よりもさらに太い木々が、まわりの茂みをはじき出さんばかりに密生しているのがわかった。見上げると、もつれた枝のあいだから青白い空がわずかな切れ目を覗かせている。足もとの地面がグズッグズッと音をたてる。前方から別の音が聞こえてきた。足もとの音に似ていて非なる音が。

ジューンの息づかいが荒くなった。「幻覚症状は終わったつもりでいたのに。あたしたちこれからどこへ行くの？」彼女の声はうわずっている。「あたし、何も見えない」

「こっちだ」彼はすぐにもつれ合った茂みの低い入口へ向かった。その径は、予想していたように、くねくねと曲がり、通れないくらい狭い所もあったが、やがて広くなった。たぶん前に誰かが来て、藪を押し分けたにちがいない。

「そんなに早く行かないで」闇の中でジューンが泣き出しそうに言った。「待ってよ」

彼女が遅いので、マイケルは苛立った。身内にわき上がる言いようのない興奮のせいか、肌までが泡の表面をごみが蠢くようにムズムズする。だが、彼は不思議に力強いものを感じていた。何でも来いという気持ちである。あとは父に会うのを待つばかりだ！　立ち止まっていらいらしながら、ぬかるみを踏み鳴らしていると、ようやくジューンが追いついてきた。いきなり、彼の腕をつかんで、娘はあえぎあえぎ言った。「また、いるわ」彼女はあえぎながら言った。

「なにが？」音のことか？　それならぼくが足を踏み鳴らしてたんだ。だが別の音が聞こえてきた。前方の、もつれてきしむ茂みの暗がりで、ゴボゴボと泥が鳴るような音がする。たぶん泥水が穴にでも流れ込んで絶えず音をたてているのだろう。いや、音は次第に大きくなり、激しくなって、今にも堰《せき》を切って泥が噴出しそうな勢いである。音は反復を重ね、徐々に明瞭になり、ついにはひとつの音節になった。突然、マイケルはその音の意味を悟った。行く手のこんもりした暗い迷路のどこかで、かすれた濁声《だみごえ》が必死で彼の名を呼ぼうとしているのだ。

それと察したジューンは、彼の腕をぐっと引いて哀願するように言った。「帰りましょうよ。あたしいやだわ。ねえ、おねがい」

「なんてことだ」彼は蔑《さげす》むように言った。「君は力を貸してくれると思ってたよ」濁った声は次第に不明瞭なつぶやきに変わり、やがて消えていった。黒一色の闇の中で小枝がかすかに揺れ、虚ろな音をたてている。不意に前方から父の声が聞こえ、ややあって母の声が続いた。どちらも張り上げた声を妙に押さえつけたような感じで、隠れん坊でもしているように、それぞれ彼の名を呼んだ。「ほらね」彼はジューンに言った。「今は君を送っていく暇はない」ますます興奮し、ムズムズする肌が夢のように軽く感じられる。「母の世話をしたいと思わないか?」だしぬけにそう言った。

彼は肩で藪を掻き分けながら先へ進んだ。しばらくすると、ジューンがおずおずついて来る音が聞こえた。森を吹き抜ける一陣の風が茂みをなびかせ、頭上の茨が枝を踊らせては宙を掻きむしる。足を吸いこむぬかるみの音が、研ぎ澄まされた彼の耳に、人の言葉のように響いてくる。二度ほど茂みの壁に行く手をふさがれそうになったが、誰かが押し分けてくれた。道が広くなった。もうすぐ広場に出るのだ。

マイケルは駆け出した。茂みが陽気な人群れのように拍手を送る。不意にどんよりと厚く垂れこめた空が眼前に開けた。月光がかすかにちらついた。ぬかるみは騒がしい音をたて、よくすべった。走りながらよろめき、あやうく黒いかたまりを踏みつけそうになった。両親の衣服だ。もどかしく振り返ってみると、裂けているようなものがある。そのときジューンが足をすべらせ、茂みに倒れる音がした。

「いや！」彼女の叫び声。彼は広場にたどり着いていた。

広場を囲む樹木の幹をつたが厚く覆い、もつれ合う枝先に絡んでマットのように葉を重ね合わせている。狭い樹間を灌木が埋め、錯綜した枝のあいだに暗い空がどんよりと覗いている。

ほのかな光が、ゆっくりと現れた。霧よりも暗い、ぼんやりした物が広場に寄り集まってくる。葉を落とした大枝が揺れてきしんだ。ほのかな光があたりを照らし出した。広場は三十フィートばかりの巾でほぼ円形を成している。そこにほのかな光が這ってきて、沼のように覆いつくした。向かい側の木立ちの手前に大きな黒い影が立っている。

彼は目を細めてじっと見つめたが、その影は飽くまでもこちらを見まいとする。ひどく大きいのだろうか？　それとも横になっているのか？　ぬかるんだ広場の向こう端で咳込むような、泥がどっと流れ出すようなゴボゴボという音がした。ほのかな光が集まって、きらめく物体に変わった。と、突然その物体は夢遊病者のように動き出した。生きているのだ。

ジューンは二の足を踏んでいたが、思いきって前へ駆け出した。だが広場の端ですべってしまい、転ぶまいとしてマイケルの腕にしがみついた。そのまま広場の光景に見入っていた彼女が震える声で叫んだ。「あれは何なの？」

「しっ！」彼は鋭く叱責した。

ジューンに中断されたのを除けば、彼はかつてないほど、のどかな気分になっていた。自分が見る夢の原因を目の当たりにしているのだ。夢はいま静かによみがえり、彼に会得されるのを待っている。彼はふとジューンのＬＳＤとはこんなものだろうかと思った。彼の心に何かが付け加えられ、それは凄まじい勢いで膨脹していくようだ。記憶が次々と浮かび上がる。まるで心の奥底に秘められていた法典をひもとくように。石の子宮。深海の底。彼は空中ではない、どこかの中間を漂っている。そこはなぜか丘の上の石の輪と結びついている。彼はその輪の近くへ引き寄せられた。そこには闇の中からじっと見上げる、恐怖に満ちた顔が並ぶ。石の輪の真ん中で身ごもった女がのたうちまわる。彼が近くへ漂っていき、手を差し延べると女は悲鳴をあげた。何世紀にも及ぶ記憶の洪水に心は、はち切れそうになった。それは代々引き継がれてきた記憶なのか？　あるいは共有の記憶か？　しかし誰と共有しているのだろうか？

彼は待った。すべてが解明されようとしている。巨大な物体はきらめきながら動いている。抑制のきかない大声が、必死に言語を発そうとしてゴボゴボと切れぎれにひびく。木々は重苦しくきしみ、密生した灌木がざわめいている。空には絶え間なく雲が流れる。突然、説明しがたい本能に憑《つ》かれてマイケルは、自分とジューンが向こう側から見なければならないことを悟った。彼はジューンの腕を取り――彼女はちょっと抵抗した――そこに立って待った。闇の花嫁と花婿となって。

薄暗がりで、しばらくゴボゴボと震動していたきらめく物体は、やがて咳込むように次々と言葉を吐き出した。声は一度にひとつのことしか言えないらしく、語尾は必ずぼやけてゴボゴボと鳴った。その音を助けて、ときどき父の声や母の甲高《かんだか》い吠え声が混ざるようだ。すると、泥の音が両親の声を真似ようとしてこもったような声を出すので、かえって無気味に聞こえる。だが、彼は相変わらず冷静にかまえていた。このこともやがては解明されると信じていたのだ。

〝〈旧支配者〉はまだ生き長らえている〟たどたどしい言葉が高らかに鳴りわたった。〝彼らの夢は達成される。人類が誕生して間もないころ……〈旧支配者〉の近くをさ迷った……夢は子宮の中に到達し……彼らの化身を胎内に宿らせることができた〟母のそれに似た声が恐ろしげに、震えながら最後の言葉を放った。ジューンはあがいたが、彼は腕をしっかりつかんでいた。

不明確で暗示的な言葉ではあったが、彼はその内容を本能的に理解した。今聞いたことについては、いつでも説明ができる。あのノートをもう一度読めば、すべて、自明のこととして理解できるだろう。彼は耳を傾け、じっと見つめて魅了された。言葉を発する物体の大きさに崇敬の念を抱いた。それに頭のまわりの奇妙なものは何だろう？　泡の表面に浮かぶ輪形の色彩のように、素早く動くものがある。顔は闇の中でてんかん持ちのように引きつって見えた。恐らく言葉を発するためであろう。

〝〈旧支配者〉は待つことができる〟複数とも思える声が彼に告げた。〝星はたがわず巡り来るであろう。この世に誕生する前に〈旧支配者〉の手が触れた人々は……にわかにその姿を結ぶことなく……幾多の世紀を経るにつれて、滅びることなく次第にその姿を結ぶ……〈旧支配者〉が、先祖の子宮に委ねた者の姿を。世代の交代するごとに完全な姿に近づくのだ〟

巨大な物体は皮を剝《は》ぎ取られたように明るくきらめいた。薄暗がりの中で淡い桃色に浮かび上がり、奇妙に蠢いている。マイケルは不安になって頭を見た。そのとき雲の流れが広場を暗く覆い、瞬く間にすべてが掻き消された。ただ顔だけが巨大に浮かび上がり、次第に広がっていくようだ。あれは父の顔に似ているのではないか？　だが両眼は波間を漂うように離れ離れになり、鼻や口もすべり出して頭の上を向こう側へ無抵抗に押し流されていく。きっとすべてが影のいたずらなのだ。雲の切れ目が暗い月の方へ伸びていった。ジューンは身を振り解こうとあがいた。「おとなしくしてろ」彼は怒鳴って腕をつかむ手に力をこめた。

〝彼らは〈旧支配者〉に仕えるであろう〟濁声がどもりながら叫んだ。〝彼らが創られたのはそのためである。時満つるまでの備えとして。彼らは〈旧支配者〉の記憶を共有する……そして世代が代わるとき彼らのからだは移される……〈旧支配者〉の体内に。彼らは常人と結ばれ……人間と同じように、そして後には……〈旧支配者〉の定めに従って。その定めは……〟

ジューンが悲鳴をあげた。雲間から月が顔を出した。喉が張り裂けそうな鋭い叫び声であった。彼は猛然と振り返り、彼女を抑えつけた。しかし彼女は身を振り解いて、大きく目を見張ったかと思うと、小径へ向かって一目散に駆け出した。雲の影が広場に向かってくる。ジューンを追いかけようとして後ろを振り向いた彼の目に、月光が照らし上げた光景が飛び込んできた。

と、見る間に、また雲の影に覆われた。闇のはざまで、かいま見たものは巨大な頭である。その大きく膨れ上がった球体は月光を浴びて青白く光り、動物の体から飛び出した巨大な乳房を連想させた。キラキラ光るこぶだらけの額はほとんど露出し、ただ触毛が二、三本垂れ下がって絶えず頭をなで回している。それは一見青黒い紐のようでもあったが、恐らく髪をより合わせたものであろう。

頭の上に母の顔があった。広大な肉の海にぽつんと浮かんだその顔は、ぞっとするほどいじけて怯えていた。顔の上を触毛が行ったり来たり、次第に速度を早めながら揺れ動いている。母の口許は引きつって言葉もなく、ただゴボゴボと鳴っていた。

ぼんやりと、うずくまった小山のような身体までは見えないうちに、広場はすっかり雲の影に覆われ、母の顔がまるで肉の渦に巻き込まれるように頭に吸い込まれてしまった。母の顔は表情を変えてもう一度浮かび上がるだろうか？　あそこにはもっと肉づきのいい顔もあったのだろうか？　だが、闇の中では何も確かめることはできなかった。

ジューンの叫び声がした。つまずいて転び、何かに頭をぶつける音が聞こえて、それっきり静かになった。きらめく物体が巨体を震わせながらしずしずと近づいてくる。きっと自分を抱こうとしているのだ！　だが、怪物はちょうど窖の前に来ていた。窖は茂みに覆われて上からはよく見えない。怪物は窖にすべり込んだ。ゼリーが流れるようにゆっくりと大地に吸い込まれていく。茂みが音をたてて跳ね起きた。

彼は立って、まだ意識を失っているジューンを見つめていた。彼女にはこう説明しよう――君はLSDのせいでこわい思いをしたんだ。君が見たのは幻さ。LSDで、あることを思い出した彼はゆっくりと顔をほころばせた。

窖のところへ行き、中を覗き込んだ。緩慢にゴボゴボと繰り返す泥の音がかすかに聞こえ、次第に地の底深く吸い込まれていった。これからしばらく両親の顔を見ることはあるまい。彼はポケットに手をやった。そこには封筒がしまってある。両親が姿を消した理由について、父の説明が書いてあるはずだ。彼はそれを人に見せればいい。ジューンにも。

窖の上を、月の光と影がせわしく行き交う。暗い窖の入口をじっと見つめているうちに彼は畏敬《いけい》の念に打たれた。しかし、心はなおも静かであった。あとは再び、ここに戻る時を待つばかりだ。その時が来たら彼も地の底に行き、他の人々に加わるのだ。彼は心の奥でいつも知っていたことを思い出した。ここが自分の家であることを。いつか必ず自分とジューンは戻ってくる。彼はほほえみながら、意識を失った彼女の身体を見つめた。彼女の言葉は正しかったのかもしれない。その時が来たら、ふたりで一緒にLSDを飲むのもいい。きっと、ふたりがひとつになるために役立ってくれるだろう。

（高橋三恵＝訳）

作家紹介

A・A・アタナジオ　ニュージャージー州ニューアーク出身。広く旅行して現在はニューヨーク市在住。七年生のとき、文学の時間にウォルター・スコット卿の作品のジャケットをかけて『異次元の色彩』を読み耽《ふけ》り、これがラヴクラフトとの最初の遭遇となった。アタナジオのSF処女長篇*"Emblems and Rites"*は、ウィリアム・モロウ社から出版の運びになった。

R・キャンベル　イギリスのリヴァプール生まれ。彼の作品にたびたび登場するこの都市に現在も居住している。一九七三年いらい著述業に専念するかたわら、BBCラジオのマージーサイド局で映画批評を受け持つ。余暇は、バッハからティペットにいたる音楽家の作品鑑賞。読書には思いどおりの時間をさくことなど夢のまた夢。そのほかレスリングの試合を見物し、ジグソーパズルでくつろぐ。作品集に*"The Inhabitant of the Lake"*, *"Demons by Daylight"*, *"The Height of the Scream"*がある。最近発表された長篇は、*"The Face That Must Die"*と*"To Wake the Dead"*。野心のひとつは、ラヴクラフト風の物語を一作みごとに書きあげることである。

B・コッパー　怪奇小説の分野では最も多作な作家のひとり。三十年にわたってジャーナリスト生活をつづけ、最後はイギリスのケントにある新聞社の編集長になったが、一九七〇年に職業作家に転身、今日にいたる。ほぼ六十冊に及ぶ著作のうち、怪奇小説の分野に入るものとして、有名な短篇集*"From Evil's Pillow"*, *"And Afterward, the Dark"*, *"When Footsteps Echo"*, *"Voices of Doom"*などや、ゴシック・スリラー *“Necropolis”* SF叙事詩 *“The Great White Space”* があげられる。最近コパーは、作品に鹿打ち帽とインバネスをもちこみ、ロンドンの探偵ソーラー・ポンズを主人公とする新しい冒険シリーズを創作した。

D・ドレイク　ノースキャロライナ州チャペル・ヒル在住。町の訴訟代理人助手を勤める。ベトナムで第十一機甲偵察部隊へ尋問官として配属され、その後、当時の経験に基づく物語を、『アナログ』誌、『ファンタジー・アンド・サイエンス・フィクション』誌、『ギャラクシー』誌などの雑誌に発表。ほかにファンタジー小説 *“The Dragon Lord”* SF短篇集 *“Hammer's Slammers”* などの著作がある。

S・キング　同世代の恐怖小説作家の中で、ひとりずばぬけた成功をおさめている。『キャリー』、『シャイニング』、『呪われた町』、『ザ・スタンド』などは現代アメリカ恐怖小説の古典といえる。はやくからラヴクラフトに心酔。ロンドン滞在中、同じく作家のピーター・ストラウブをクラウチ・エンドに訪れたが、それから構想を得て本書におさめられた作品を執筆した。悪夢を思わせる作品にしては、何気ない始まりである。最近の作品には『ファイアスターター』とノンフィクション『死の舞踏』がある。

T・E・D・クライン　ニューヨークはウエストサイドのアパートに住み、まわりをファンタジー関係の書籍、アメリカの画家ホッパーの絵、ペットの鼠《ねずみ》、タランチュラの標本、彫刻その他さまざまなものに囲まれて暮らしている。ブラウン大学とコロンビア大学で学位を取得、その後メイン州の高校で一年間教鞭をとり、パラマウント映画の物語部門で三年勤めた。「ニューヨーク・タイムズ」紙に寄稿。彼の作品は恐怖小説年間ベスト作品集を含め、さまざまなアンソロジーにおさめられている。

F・B・ロング　本アンソロジーのなかでは、本来の〈ラヴクラフト・サークル〉に属していた唯一の作家。当時の思い出をなつかしんで執筆した *"HPL: Dreamer on the Nightside"* はアーカム・ハウスから出版され、多くの情報を与えてくれる。同社からはほかに短篇集『ティンダロスの犬』と *"The Rim of Unknown"* の二冊、本神話を扱った中篇『夜歩く石像』（本書第一巻所収）、詩集 *"In Mayan Splendor"* などが出版されている。ロングは自身の作品をラヴクラフトのそれと較べ「わたしの作品は、無気味なものを描くにあたってラヴクラフトとは幾分異なる迫り方をしているし、彼ほど宇宙的《コズミック》でもない」と謙遜《けんそん》しているが、ラヴクラフトのほうはロングの作品を称讃している。本書におさめられている懐古的な作品『暗黒の復活』はラヴクラフトも気に入ったはずである。

H・P・ラヴクラフト　今世紀最大のアメリカ怪奇小説作家。ラヴクラフトの影響を自認する作家は多く、たとえばロバート・ブロック、レイ・ブラッドベリ、オーガスト・ダーレス、ヘンリー・カットナー、フリッツ・ライバー、コリン・ウィルソンなどの名前があげられる。またゲイアン・ウィルソンがラヴクラフト風にふざけて書いた三部作 *"Illuminatus!"* も忘れるわけにはいかない。ラヴクラフトの作品集と五巻に及ぶ書簡集は、本書の英語版と同じ体裁で、アーカムハウスから出版されている。

B・ラムレイ　イギリス北東海岸に位置するダラム州の炭鉱の村ホーデン出身。イギリス憲兵隊曹長として軍務についた。好きなものは「ロバート・E・ハワード、ラヴクラフト、セキセインコ、妻、三人の子供たち、凧《たこ》あげ、自分のタイプライター、フィッシュ・アンド・チップス、ブランデー」。ラヴクラフトばりの作品が三冊、アーカム・ハウスから出版されている。最新作は歴史ファンタジー *"Khai of Ancient Khem"*。

M・S・ワーネス　イギリスのブラッドフォードに生まれ、同地で繊維工業関係の仕事に従事している。『アルソフォカスの書』は、一九三四年に書かれ、以前 *"Dagon and Other Macabre Tales"* におさめられたことがあるラヴクラフトの未完稿『いにしえの書』を、彼の死後完成させたものである。

（高橋三恵＝訳）

解題——那智史郎

「貴君にはもちろん、私のすべての物語は、脈絡がないように見えるかもしれませんが、基本的な伝説や伝承に拠っていることにお気づきでしょう。この世界には一時期別の種族が住んでいた。彼らは黒魔術を使ったために、足場を失い、追放されました。しかし、再びこの地球を再び奪還しようと狙っているのです」――ラヴクラフトに神話作品の背景について尋ねたとき、返事にそう書かれていたと、H・S・ファーネスは曖昧《あいまい》な記憶をもとに、A・ダーレスに報告した。ダーレスが早速これを引用して紹介したために、神話背景はラヴクラフトが意図していたものと違って解釈されるようになったわけだが、C・A・スミスがまっ先に指摘したように、〈旧支配者〉が黒魔術を使用したために追放されたというくだりはもちろんラヴクラフトの作品には出てこないし、いかにも唐突な感じがする。ファーネスはどこで記憶を混同したのだろう。

筆者も黒魔術を使ったために滅んだという種族の話をどこかで読んだことがあった。調べ直してみたら、アトランティス伝説である。アトランティス人は黒魔術を使ったために滅んだという説がある。

この説はラヴクラフトが読んだ、神智学者、W・スコット＝エリオット著 ***"The Story of Atlantis and The Lost Lemuria"***（一九二五年）にも書かれている。ラヴクラフトが同書をファーネスに紹介したのかもしれない。または「ク・リトル・リトルの呼び声」のなかでタイトルが引用されているので、ファーネスが同書に興味を持ち読んでいたことも考えられる。そこで混同が起こったのかもしれない。

ラヴクラフトは神話作品の背景に、A・マッケンの「黒い石印」などの作品に登場する、進化から落伍した種族が今なお生き残って妖異をなすという矮人《こびと》伝説を借用したとよく言われている。ところが、ラヴクラフトがマッケンの小説に出会ったのは、一九二三年春のことであり、彼は既にその前に「ク・リトル・リトルの呼び声」の原型「デイゴン」（一九一七年執筆。初出は『ヴァグラント』一九一九年十一月号）及び「狂気山脈」「超時間の影」の原型「廃都」（第一巻所収）を書いているのである。ラヴクラフトがマッケンに学んだのはむしろ語りの技法のほうである。他に背景づくりの面で影響を受けた作品といえば、ラヴクラフトが気に入っていたA・メリットの太古に月から飛来しポナペ島の遺跡に潜む種族が登場する「ムーン・プール」もあげられるが、これとて一九一八年に『アーゴシー』に発表された作品であり、「デイゴン」のほうが先んじている。

では「デイゴン」はどこから生まれたのだろうか。ラヴクラフトは「デイゴン弁護論」（一九二一年）のなかでアトランティス大陸の伝説や自然地理学を使用したように書いている。改めて、ラヴクラフトの神話作品の背景づくりについて調べてみたい。じつは、ラヴクラフトは一九三二年九月二十二日付ファーネス宛書簡で、神話作品の背景について詳しく述べている。この手紙こそファーネスがダーレスに誤って伝えた報告の原文ではないかと指摘されているのだが、筆者がこれまで読んだ範囲内では、ラヴクラフトが神話作品の創造について核心にふれた文はこれしかない。

……異次元の世界へ読者を引っ張り込むために、私は誰もが神秘感を抱くものを象徴的に描くよう心がけました。

暗闇——日没——夢——霧——熱——狂気——墓——丘——海——空——風——などなどは、理屈抜きで我々の想像力を刺激する力を持っているように思われます。そこで、神話や伝説と同じような自分の幻想小説のなかに、こうしたものを嵌《は》め込もうとしたのです。私の小説は、このちっぽけな惑星に潜む太古の支配者や銀河を越えて飛来した生物が、前哨地を設け、領土を占有するために、時折人間のような生物を駆逐するという漠然とした背景をもっています。この説は基本的にはほとんどの民族神話に出てくるものです。

民族神話といえば、あたかもラヴクラフトの神話は神智学をベースにしているかの如く言い切る解説者もいる。マダム・ブラヴァツキーは、人類は太古の地球に天体から降臨してきた火の霧でできた霊体から始まっており、霊体が受肉してレムリア人やアトランティス人へと進化していったと説いている。人類の出現以前に宇宙から飛来した知的生物が文明を築いていたというラヴクラフトの神話の設定は、マダム・ブラヴァツキーの教義に基づいているというのだ。果たしてそうなのだろうか。

神智学の影響を最初に指摘したのはコリン・ウィルソンだろう。ウィルソンは『夢見る力』（一九六二年）で、「ク・リトル・リトルの呼び声」は、マダム・ブラヴァツキーの書いた『シークレット・ドクトリン』の教義に負っていると書いている。ただ、『シークレット・ドクトリン』にもアトランティスやレムリア大陸のことが書かれていると述べているだけで、その理由は詳しく書いていない。なるほどラヴクラフトは「ク・リトル・リトルの呼び声」のなかで、神智学や*"The Story of Atlantis and The Lost Lemuria"*について言及している。しかし、それだけで神智学がラヴクラフトが創造した神話の源泉になっていると考えるのは早計というものだ。

先に書いたが「ク・リトル・リトルの呼び声」で、ラヴクラフトが使ったのは、『シークレット・ドクトリン』そのものではなく、スコット＝エリオットがブラヴァツキーの説をもとに人類の先祖の歴史を記した*"The Story of Atlantis and The Lost Lemuria"*の方である。ラヴクラフトは「ク・リトル・リトルの呼び声」を書いた当時（一九二六年夏）は、同書以外に神智学関係の書物は読んでいなかった。

……目下、私は興味深い資料をまとめています。近頃になってやっと学んだ神話ですが、あなたはきっと精通しておられるものと信じています――すなわち、近代オカルティスト並びに似非学者が広めてきたアトランティス――レムリアの物語です。実際、『黄金の門の都市』およびレムリアの不定形の怪物についての叙述の妙は、言い表しようのないほど空想力を刺激されます。もっとこの種の文献を読んでみたい。私が読んだのはW・スコット＝エリオット著*"The Story of Atlantis and The Lost Lemuria"*です（一九二六年六月十七日付C・A・スミス宛書簡)。

では、スコット＝エリオットの *“The Story of Atlantis and The Lost Lemuria”* こそがラヴクラフトの神話のアイディア源になったとのではないかと言われるかもしれない。

しかし、ラヴクラフトは、仲間の作家が創作した魔道書や魔神を自分の作品中に借用するのを好んだように、物語の雰囲気《ふんいき》づくりの小道具として目新しい *“The Story of Atlantis and The Lost Lemuria”* や神智学を持ち出しただけのことだ。

そもそも「ク・リトル・リトルの呼び声」は、「デイゴン」を膨《ふく》らませたものである。「デイゴン」でラヴクラフトは、既に、海底より隆起した太古の遺跡に潜む怪物が人類を襲うという基本設定を打ち出している。さらに、「廃都」は、「狂気山脈」や「超時間の影」に先駆けて人類以前の異形の種族の歴史を描いている。これらは *“The Story of Atlantis and The Lost Lemuria”* を読む以前に書かれているのである。

ラヴクラフトに神智学やチベットの神秘思想を伝授したのは、東洋ファンタシィを得意としていたE・H・プライスである。

……(*“The Story of Arlantis and The Lost Lemuria”* の叙述が)何と生き生きとして斬新なことか、とC・A・スミスにラヴクラフトが書いた手紙のことで、私とラヴクラフトが論じ合ったのは、彼が「ク・リトル・リトルの呼び声」を書いたあとのことだった。明らかにラヴクラフトは神智学についてまったく知らなかったのである。
(二〇〇一年、アーカム・ハウス刊 *“The Book of the Dead”*)

一九三三年二月十五日付プライス宛書簡にラヴクラフトは書いている。

……貴君が発掘したプシュカラ――プラクシャ――クシャ――シャルマリ――ワーン山――センツァー――ジャン――シャンバラ神話に燃えるような興味を抱いています。その源泉、起源一及びその未知の伝説に関する文献について、ぜひご教示ください。どこでその伝説を知ったのですか? どこの国でそれは広まったのですか? 民間伝承の研究では通常なぜ言及されていないのですか? 特殊なカルト(W・スコット=エリオットの著書に要約されているアトランティス――レムリア伝説を取り込んだ神智学のような)は、その教えを大切にしていますか?……ジャン――シャンバラ伝説にひどく興味をそそられます。その宇宙観といい、金星の王の話といい、すべてが私好みなのです!

ラヴクラフトはプライスから得たその情報を早速C・A・スミスに伝えている。

……プライスは『ジャンの書』と呼ばれる太古の書物が登場する実際の民間伝承を発掘しましたよ。その書はクシャ（アトランティス）とシャルマリ（レムリア）が沈没する以前の超古代史の秘密を記しているそうです。その書はシャンバラの聖なる都市に保管されていますが、世界では最古の書物と見なされています。それは千八百万年前に金星の王がもたらしたセンツァー語で書かれているそうです。ホフマンがこのネタをどこで入手したかわかりませんが、これは面白いですよ……（一九三三年二月十八日付）

ラヴクラフトはこの時点でようやく、『ジャンの書』（ブラヴァツキーが『シークレット・ドクトリン』に引用したという）を発見しているのである。（*"The Story of Atlantis and The Lost Lemuria"* にも、『ジャンの書』『シークレット・ドクトリン』の書名が出てくるが、ラヴクラフトは同書を読んだ当時は興味を覚えなかったのだろうか？）

さらにエリザベス・トルドリッジ宛の手紙にラヴクラフトは書いている。

……超古代文明（仮にそれが存在したとして）が現在の文明に継承され影響を及ぼしているということはあり得ません——失われた古代世界の曖昧かつ信憑性《しんぴょうせい》の薄い伝説はありますが、そのような伝説はインド周辺に伝わり、神智学者がそれを取り込みました。ニューオリンズの友人ホフマン・プライスは、地球の原初の時代のクシャ（アトランティス）とシャルマリ（レムリア）大陸や太古の惑星から飛来した人々について語った個性的な神話を発見しました。ある東洋の神殿に秘密の書が保管されているそうですが、その書物の一部は地球の歴史よりも古いといいます。これは私が創り上げた神話と驚くほど似ているではありませんか。でも、プライスはこれは正真正銘の伝承だと請け合っているし、詳細な資料を私に送ってくれると言っています。私たちのグループは将来この神話を作品の背景に使うかもしれません。（一九三三年三月二十五日付）

何にもまして面白いのは、ラヴクラフトが神智学関連の伝説を「自分の神話と驚くほど似ている」と述べていることだろう。そのうえ彼は、将来、神智学を作品の背景に使うといっている。つまりラヴクラフトはこの後、やっと神智学を彼の作品に取り込もうとしたのである。

しかしながら、ご承知のとおり、「ク・リトル・リトルの呼び声」「ダンウィッチの怪」「闇に囁くもの」「狂気山脈」「インズマスの影」といったラヴクラフトの代表的な神話作品は、一九三二年までには出揃っている。

一九三三年以降に書かれた作品といえば「戸口をたたく怪物」「超時間の影」「闇の跳梁者」のみである。もっとも、これらの作品でも、以前の作品と同様にラヴクラフトは神智学関連については、小道具として言及する程度にとどまっている。

神智学は宗教に生物学や地質学などを取り込み科学との整合性を持たせようとした。小説と宗教の違いはあるが、ラヴクラフトと神智学者たちは、たまたま神話創りにたいするアプローチの方法が似ていたのである。

F・ライバーの「ブラウン・ジェンキンとともに時空を廻る」というエッセイは、実際の地質学の年代記にラヴクラフトの神話に登場する〈旧支配者〉たちの歴史を嵌《は》め込んで記録する手法を用いている。この作品を読んだときは、〈旧支配者〉たちは宇宙から飛来していることに改めて気づかされた。彼等はなぜ次々と地球に飛来したのだろう。ラヴクラフトは「デイゴン」「廃都」において、太古の世界から生き残っている異形の生物を描いているが、彼らが宇宙から飛来したことはまだ書いていない。ラヴクラフトの『備忘録』を調べてみると、一九一九年に「遥かな宇宙から来た特殊な感覚を持つ特殊な生物。外宇宙出現」と〈旧支配者〉の降臨を予期させるようなメモを書いている。ラヴクラフトは、「ク・リトル・リトルの呼び声」で〈旧支配者〉たちが天空から来たことをほのめかした。

一九二九年十二月二十七日から三〇年一月四日にかけてラヴクラフトは、ソネット集「ヨゴス星より」*"Fungi from Yoggoth"*を書いた。"Fungi"とは「黴」「菌」「茸」の意味である。ソネット第十四番「星風」を読むと「此の時　狂詩人は悟らん　如何なる茸瘤がヨゴスにて発芽せるか」(亀井勝行訳)とある。

「ヨゴス星より」はラヴクラフトの神話のエッセンスが詰まっており、暗黒のヨゴス星から来たその胞子はまさにラヴクラフト的悪夢のイメージを象徴するものであった。奇しくもこの詩集が完成した直後の二月、新惑星「冥王星」が発見されている。このときヨゴス星から来た“Fungi”――菌類生物ミ・ゴーの地球侵略を描く、ＳＦスリラーの傑作「闇に囁くもの」を執筆中のラヴクラフトは、新惑星発見の報道に接し、「ヨゴス星と名付けよう！」と大いに興奮した。そして、「闇に囁くもの」に続いて「狂気山脈」「超時間の影」を執筆し、ようやく彼の創造神話を完成させるのである。

ラヴクラフトの“Fungi”は、その意味で、彼の創造神話を解明する重要な鍵となる。

神智学と並びラヴクラフトの神話の背景づくりに一役買ったといわれているのが、チャールズ・フォートの奇現象を扱った一連の著書である。ラヴクラフトの作品とフォートの著作の関連性を指摘したのは、Ｊ・ヴァーノン・シェイが最初だろう。シェイは「ラヴクラフト世界のルーツ」のなかで、ラヴクラフトは、*“Book of the Damned”*（一九一九年）などの著書に書かれた奇現象を「異次元の色彩」や「闇に囁くもの」などの雰囲気づくりに利用したと述べている。たしかに、「闇に囁くもの」ではフォートの名前を引き合いに出しているし、セントエルモの火など発光体の奇現象を扱った部分などは、「異次元の色彩」のクライマックスの場面を想起させる。

ラヴクラフトが思想面でもフォートの影響を多大に受けていると指摘したのは、ポール・ブールである。ブールは「ユートピアとしてのディストピア」のなかで「ラヴクラフトが一九二〇年代の幻想的な作品を書く作家仲間の例に漏れず、科学からの影響――というよりもむしろ、科学における偉大な偶像破壊者チャールズ・フォートに強い印象を受けた」と書いている。

*"Book of the Damned"*は、魚や蛙や血の雨など、およそ考えられないものが天から降ってくる奇現象の記録を当時の新聞や科学雑誌から丹念に蒐集《しゅうしゅう》したデータ本である。

しかしながら、ラヴクラフトが、「フォートは報道されたある種の記事をいろいろと集めたが、誤解、誇張、歪曲であり、幻覚やでっち上げだ」と述べているところからすると、ブールが言うようにラヴクラフトがフォートから思想的な影響を受けているとは考え難い。逆にラヴクラフトは、フォートが攻撃したような石頭の科学者たちの支持に回るような意見を述べているのだ。

もっとも、思想は別として、小説の題材やアイディア面に関してはどうなのだろう。何といっても興味深いのはフォートが結論に達した宇宙人地球植民説の部分である。天から降って来るものの記録を調べていたフォートは「私は異なる世界があることに気づき始めた。そこから物体や物質はこの地球に降って来ているのだ。その世界は地球に興味をもっていて、我々とコミュニケーションをとろうとしている。このあと積み上げるデータが、ある他の世界が何世紀にわたって地球の秘密結社もしくはある種の秘密教団とコミュニケーションを通じて来たことを示している」と書いている。さらにフォートは「……我々は所有物にすぎない。我々は何ものかによって支配されているのである。遥か昔、この地球は自由の地であった。他の世界のものが探検に来て植民地にし、領土を廻って闘った。いま地球は何ものかによって所有されている……」と続けている。

「これぞまさしく〈ク・リトル・リトル神話〉!」と言いたくなる部分である。ラヴクラフトは

"Book of the Damned" に興味を持っていたものの、一九二七年三月にD・ワンドレイから借りるまでは同書を読んだことがなかった。

……なぜロングが彼を絶賛するのかわかります。なぜなら彼の夢想する空中の恐ろしい悪徳の世界、宇宙の深淵《しんえん》や異次元からの秘密の訪問者、彼方からやって来た生物と地上の古代からあるカルトの接触などなど、固唾をのむような、神秘と未知と禁断のセンスがあるからです。刺激的な空想に満ちた資料本ですが、文体は如何せん処置なしです。（一九二七年三月二十七日付D・ワンドレイ宛書簡）

ラヴクラフトは感想をこう述べているが、神智学よりもフォートの本のほうが彼の神話により近い気がする。ただ、これも彼が「ク・リトル・リトルの呼び声」を書いたあとのことである。正直いって、筆者にはフォートがラヴクラフトに及ぼした影響の度合いはつかめなかった。やはり、シェイの言うとおり、ラヴクラフトは雰囲気づくりのひとつとしてフォートの書の一部、あるいはフォートの名を借用している程度と考えた方が妥当なのではないだろうか。

考えてみると宇宙人やUFO（という名称は当時はまだなかったが）をノンフィクションのテーマとして持ち出したのはフォートかもしれないが、科学界では既に十六世紀頃から宇宙人の存在が論じられていた。子供のときから天体望遠鏡で宇宙の深淵を覗き、天文学や科学関係の本を読み漁っていたラヴクラフトのことである。フォートの本を読まずとも、宇宙人がこの地球に来たことがあるのではないかという空想を楽しんでいたとしても別に不思議ではないだろう。ラヴクラフトがフォートについて言及している部分を書簡集で調べているうちに、以前は何気なしに読んでいた一九三〇年四月一日付エリザベス・トルドリッジ宛書簡が眼にとまった。

……同封いただいた〝スター・ジェリー〟〔註・隕石の落下地帯に出現するジェリー状の物質〕に関する切り抜きはきわめて興味深いものです。地球外生命体が宇宙を漂流して来るというアイディアほど私を魅了したものはありません。チャールズ・フォートの異様な *"Book of the Damned"* や *"New Land"* のような書物に書かれた、疑わしい現象のことを楽しく読んだものです。いわゆる「有機体」が、隕石に乗って天体から天体に移るということは、実際には不可能なことでしょう。もっとも、時おり当惑するような報道がなされることはありますが。私は一度このアイディアを使ったことがあります――「異次元の色彩」のなかで――また異なるやり方で使うかもしれません。事実、現在半ば完成しているヴァーモント州を舞台にした物語のなかでこのアイディアをほのめかしているのです。

これを読んでふっと頭に浮かんできたのが、微生物の胞子が光の圧力で宇宙を漂流し、地球に到着して生命の源になったというパンスペルミア説。一九〇七年にスウェーデンの化学者アレニウスが提唱したものだ。

生命の原型は隕石のなかに入って地球に飛来したという説はこれ以前に出されている。ラヴクラフトが「地球外生命が宇宙を漂流して来るというアイディアほど私を魅了したものはありません」と言っているのは、こういった説が彼の頭にあったからではないか。

ラヴクラフトがフォートの本に興味をもったのは、それが宇宙から飛来してくるものを扱っていたからだ。宇宙からやって来た胞子——なるほど、これがラヴクラフトの"Fungi"の意味するものなのか、と筆者は納得した。

ラヴクラフトは少年時代から、南極大陸や失われた大陸を始めイースター島、ポナペ島の遺跡に興味を抱いていた。もともと超古代史が好きだったのだ。アトランティスに関する書物は何も神智学関連の本を読まなくとも、それこそプラトンの「ティマイオス」からルイス・スペンスの本まで読んでいた。

そんなハワード少年の胸の裡《うち》に飛来した夢魔の胞子たちは、やがて「狂気山脈」「超時間の影」といった作品のなかで壮大な異形の文明を築くのである。

第六巻及び第七巻収録の作品はすべて、*"New Tales of the Cthulhu Mythos"*のために書き下ろされたものである。

ラヴクラフトは書いている。「怪奇小説には大きく分けて二つのタイプがある。すなわち、恐怖に関わる現象を表すものと恐怖に巻き込まれた人間の行為を描くものである」。ラヴクラフトの小説が前者のタイプだとすれば、キングは間違いなく後者であろう。

キングは一見ラヴクラフトとは異なるタイプの作家に見える。が、原点は、ラヴクラフトである。キングは九歳か十歳のときに、屋根裏部屋で父が蒐集していたエイヴォン社のペーパーバックの山を見つけた。少年の眼を惹いたのは緑色の怪物が墓から現れる場面を描いた表紙の本だった――タイトルは *"The Lurking Fear and Other Stories"*。少年はその本を持ち出して読み耽《ふけ》った。作者の怪奇小説に対する真摯な執筆態度が少年の心にヒシヒシと伝わってきた。キングは自伝『死の舞踏』に書いている――「彼は我が道を示した」。

「クラウチ・エンドの怪」 S・キング

「クラウチ・エンドの怪」はキングが初めて〈ク・リトル・リトル神話〉に挑戦した作品である。キングの小説の特徴は、主人公が恐怖に打ち負かされそうになりながらも反撃に出るところにあると思われる。しかし、本篇では、ラヴクラフトの世界の創造した異次元の世界に彷徨《さまよ》い込んだ主人公はそのなかに埋没してしまう。ラヴクラフトの圧倒的なコズミック・ホラーの前では、さすがのキングの主人公も無力である。

「不知火《しらぬい》」　A・A・アタナジオ

“Namless Places”（一九七五年）所収の正調〈ク・リトル・リトル神話〉である*“Glimpses”*がアタナジオのアーカム・ハウスのデビュー作だった。〈旧支配者〉を調査する研究機関を取り上げたところに、当時ラムレイの「地を穿つ魔」に登場する「ウィルマース財団」と共通する新趣向を感じさせた。

第二作目の「不知火」は前作とは変わってギャングを登場させている。既にブロックが神話作品にギャングを登場させているが、ナイアルラトホテップが乗り移ったギャングの行動をハードボイルド・タッチで描いたところがユニークである。

「木乃伊《ミイラ》の手」　B・ラムレイ

〈ク・リトル・リトル神話〉小説史上、過激な性描写を盛り込んだ初の作品。モダンホラーの方向を目指していたキャンベルではなく、ひたすら神話作品を紡いでいたラムレイが書いたというのが面白い。

「暗黒の復活」　F・B・ロング

ラヴクラフトの弟分のような存在であり、ラヴクラフトの良き理解者だったロングの晩年の作品。

かつてのパルプ調の派手さはなく、しみじみとした作品となっている。ラストの「みなのもの起きて共にせよと書にある——その印を持つもの、それを見たものは——」ということばは、昔日を共に過ごしたラヴクラフトとその仲間たちへの呼びかけでもあろうか——。

「シャフト・ナンバー247」 B・コッパー

神話作品固有の用語を使わずに、神話を感じさせるという実験的な作品である。R・B・ジョンソンの「地の底深く」(『ウィアード・テールズ』一九三九年七・八月合併号)を想起させる。

「角笛をもつ影」 T・E・D・クライン

恐怖に巻き込まれた人間の行為を丹念に描きつつ、その背後に現象を浮かび上がらせるという、キングとラヴクラフトの中間をいく作風がクラインの特徴であろう。クラインはプロヴィデンスにあるブラウン大学のS・アーマンド教授のもとでラヴクラフトについて学んでいる。筆者はプロヴィデンスを訪ね教授に会ったことがある。「キングは大衆小説家だと思うが、クラインは本物の怪奇小説家ですね」と教授に言うと「自分もそう思う」と頷《うなず》いてくれた。

「角笛をもつ影」は、敬愛する師ラヴクラフトをいくつになっても越えられない弟子(ロングがモデルである)の哀感を綴る一方、彼の行くてに迫るチョ・チョ人の恐怖を暗示している。

ラヴクラフトの手紙の引用も効果的で雰囲気を盛り上げており、ラヴクラフトのファンにとっては堪えられない珠玉の一篇である。

「アルソフォカスの書」ラヴクラフト&M・S・ワーネス

〝らしくない神話〟ばかりを収めた〝*New Tales of the Cthulhu Mythos*〟のなかにあっては、違和感を覚えさせる正調神話作品である。

ラヴクラフトの未完の作品を補作した本篇は、キャンベルがとくにラヴクラフトとダーレスへのオマージュを意図して収録したものであろう。

「蠢《うごめ》く密林」D・ドレイク

デビュー作〝*Denkirch*〟(一九六七年、アーカム・ハウス刊〝*Travellers by Night*〟所収)は、マッド・サイエンティストが人間の精神を宇宙の彼方《かなた》の星に住む生物に投射する実験を続ける怪作だったが、「蠢く密林」は〝*Denkirch*〟とはまったく異なるリアルで重苦しい雰囲気の作品である。神話部分よりも殺戮《さつりく》場面の描写がやたら生々しい。ヴェトナム戦争での体験を反映しているようだ。ドレイクは戦場体験をもとに、軍隊SFシリーズを多数書いている。

「パイン・デューンズの顔」R・キャンベル

現代に暮らす、〈旧支配者〉の血を統く青年の胸の裡を語り、ある意味で青春小説になっている。

考えてみると、「インズマスの影」もラヴクラフト式青春小説だったのかもしれない。

『新編ク・リトル・リトル神話大系』も本書第七巻をもって完結した。ラヴクラフトが創造し、仲間の作家たちが参加して創り上げた神話は、ダーレスによって、〈ク・リトル・リトル神話〉と名付けられ、集大成された。

ダーレスはラヴクラフトの他界後も、神話作品を書き続け、「自分の作品は、いわばラヴクラフト作品への追想のようなものである」と、*"The Mask of Cthulhu"*（一九五八年、アーカム・ハウス刊）の序文に書いている。

ダーレスは一九七一年七月四日に亡くなる直前まで、ラヴクラフトの覚書をもとにしたという補作を書いていた。最後の補作 *"The Watchers Out of Time"* の舞台は、一九三五年のダンウィッチであり、ノスタルジーに満ちた設定である。ウェイトリー一族の祖父の屋敷を相続し、彼の地に赴いた主人公が、図書館で一九二八年に起こった怪事件のファイルを発見し、興味を抱く。古い館に戻った主人公は大広間の机の上に何ものかが置いた手紙を発見する。封筒の表には「あとから来る者へ」と走り書きされていた——奇しくも物語はそこで絶筆となっている。

そして、「あとから来る者」たちは、現在も〈ク・リトル・リトル神話〉を語り継いでいる——。

巻末エッセイ

Cthulhu Mythos 夜明け前／夜明けて後

朝松 健

一九八一年五月に国書刊行会に入社したときから、ク・リトル・リトル神話作品集の企画は社長に話していた。

それがようやく社長のゴーサインをもらい、本格的に作品選定や翻訳者の確保に動き出したのは一九八一年の夏か秋ではなかったろうか。しかしながら、念願の企画を任されて有頂天になったかというと、けっしてそうではない。

なぜか。まず、これは極めて予算が限定された企画だったからである。そのため、翻訳者もイラストレーターも商業的に活動している人間にはまったく声が掛けられなかった。

次に、翻訳権を取得することも制限されていた。そして——これが最大の「縛り」だったが、この企画は成功しなければならなかった。当時、国書は重なる企画の失敗により、海外文学から撤退しようとしていたのである。

あの頃、海外文学を担当する編集者で、専従の編集者は一人しかいなかった。それ以外の編集は、たとえば地方の市史・県史の復刻とラテンアメリカ文学編集との兼任であったり、満洲関係の本と『セリーヌの作品』との兼任であったり、という状態だった。

かくいう私も広告部との兼任ではじめたのであった。そんな訳で、翻訳依頼は広告の仕事の合間か、午後六時以降に、正規の業務が終わってから電話をかけまくった。当然、訳稿が上がった場合は勤務時間外にプライベート・タイムを利用して原稿を受け取りに行ったし、打ち合わせに使った喫茶店代も自腹だった。それでも楽しかったのは、やはり二十代という若さと、自分たちのク・リトル・リトル神話作品集を作る情熱のなせる業だったのだろう。

実際的に作品のセレクションを行なったのは四人いた。私・那智史郎氏・宮壁定雄氏・渡辺健一郎氏である。

もう一度言うが、これは当時の国書で、最後のチャンスだった。広告を担当していれば営業実績はダイレクトに伝わってくる。だから海外文学の販売実数がことごとく下がり、社長も営業部長もイラついているのが痛いほど理解できた。そのため、「どうせこれが最後だから」と我々はセレクションの幅を思い切り広く取った。英米のク・リトル・リトル神話集に収録されているスタンダード作品だけでなく、パロディも、ボーダー作品も、魔術書の贋作も……単なるニューイングランドを舞台にした作品までぶちこんだ。すでに作るほうはク・リトル・リトル神話を核にしたウィアード・テールズ作品集、もくしはラヴクラフト・スクール作品集の意気込みに達していたのである。

ようやくゴールが見えてきたのは一九八二年の夏近くではなかったか。第一回日本ファンタジー大会の執行委員長に任命された私は意気揚々と会場に急ごしらえのポスターを張った。『真ク・リトル・リトル神話大系（上・下）　近日発売』という文字が那智史郎氏の描いた怪物と美女の絵に躍っていた。会場に集まった人たちの反応は上々であった。紀田順一郎先生・荒俣宏氏の両先輩のみならず、大会のゲストの氷川瓏先生、塩谷隆志先生からも、「こいつは楽しみですね」というお言葉を頂いて感激したが、有頂天になるのはまだ早かった。

第一回日本ファンタジー大会終了間もなく『真ク・リトル・リトル神話大系1』が発売された。

第一巻の反応は期待したほどではなかった。ただ、営業部の人間が、

「取次にク・リトル・リトル神話のファンがいてね。半村良さんの『戸隠伝説』の元ネタになってるとか、作家や翻訳家にファンが多いとか、熱く教えてくれたよ」

と苦笑交じりに話してくれたのが手応えといえば手応えであった。

そうするうちに翌月、『真ク・リトル・リトル神話大系2』が出された。これは贋作『死霊秘法《ネクロノミコン》』を目玉にした巻である。翻訳を魔術研究家の江口之隆氏にお願いした、編集者としては「狙った」巻であった。

広告部員として私は腕によりをかけて広告を作り、パブリシティ活動を開始し、さらに広告担当の裁量で自由になる広告枠を厳選した。つまり、広告を出せば、必ず、読者が動く媒体を選んだ訳である。

翻訳雑誌や読書新聞の類などより、抜群に反応がよかったのは、首都圏限定販売の夕刊紙「日刊ゲンダイ」だった。

「第一巻の書評の下に小さな広告のあるページを見たんだけど書店にはもう出てるの？　出ているのなら、この足で書店に行くよ」

と、水道橋駅から電話をくれたサラリーマンの読者がいたのを今でも覚えている。それくらいク・リトル・リトル神話は、ホラー好きのヤングサラリーマンにカルト的人気を博していたのだ。

次に反応があったのは、「読売新聞」である。読売の第六面に半五段の広告を入れ、「日刊ゲンダ

イ」と同じように黒地に、悲鳴をモチーフにした題字を躍らせ、ついでに女性が眼を剝《む》いている写真をあしらった。絵柄はまるきりホラー小説のペーパーバックの表紙のような広告である。それだけではすまず、私は広告文に「魔術」や『死霊秘法《ネクロノミコン》』や「邪神」といった言葉を思い切りちりばめた。

これが当たった。会社の電話が響き続け、注文は『真ク・リトル・リトル神話大系』一色になった。社長は読売の広告を全五段に拡大して朝日と毎日と産経にも使った。

「国書は『真ク・リトル・リトル神話大系』を夏一番のウリにしていますね」

と博報堂の担当営業さんが笑って言い、さらに恥ずかしそうにこう付け加えた。

「大学一年の息子にせがまれましてね。私も一冊買わせて下さい」

広告代理店だけではない。同業者たちも一斉に国書が「ウリ」にした商品の成り行きを見守りはじめた。

当時の流行は雑誌とテレビが作っていた。ク・リトル・リトル神話に飛びついたのは雑誌が先だった。

ある日、雑誌の編集長が、

「担当編集者の詳しい話を聞きたい」

と連絡してきた。私は指定された喫茶店（新宿の「滝沢別館」であった）に出かけていった。

雑誌の名は「ムー」。当時三十五万部を誇ったオカルト雑誌である。会見の場で、私は「ムー」

に写真資料を提供し、パブリシティを依頼し、見返りにク・リトル・リトル神話に関する記事を書くことを約束した（ちなみに、このとき会った「ムー」の編集長O氏はのちに学習研究社の社長になっている）。

よいときにはよいことが重なるもので、同じ頃、東販の西部本社が企画した精神世界ブックフェアに『真ク・リトル・リトル神話大系』が選ばれ、上下各二五〇〇部の買い上げが決定された。そして、この動きはたちまち全国に伝わり、大手書店の連鎖反応を呼んでいった。

一九八二年秋、「ムー」にク・リトル・リトル神話小特集が掲載されるや、邪神は一気に大衆を呑みこんだ。『真ク・リトル・リトル神話大系』は当時としては高価な二九〇〇円というその値段にも拘わらず、ビッグヒット商品となり、ここに海外文学からの撤退という話は消え、代わりに海外文学をホラー中心に拡充するという方針に変わったのであった。だが、そんなことより私を喜ばせたのは『真ク・リトル・リトル神話大系』は二巻から五巻にする、という社長の決定である。

＊

ここで書き留めておきたいことがある。日本におけるク・リトル・リトル神話の普及に、自分と『真ク・リトル・リトル神話大系』がそれなりの役割を果たしたことは認める。だが、私などよりも、読売の広告よりも、「ムー」の記事よりも、何よりも大きな功績を果たしたのは二人の人物である。一人は先日亡くなった栗本薫氏であり、もう一人は角川春樹氏である。なぜなら、『真ク・

リトル・リトル神話大系』の読者カードの七十八パーセントが「栗本薫の『魔界水滸伝』を読んでク・リトル・リトル神話に興味をもった」と応えていたからである。すなわち、栗本薫氏が『魔界水滸伝』を書かなければ、角川春樹氏が栗本氏にク・リトル・リトル神話を書くことを勧めなければ、日本のク・リトル・リトル神話はこれほどの広がりと奥行きのあるファン層を獲得することは出来ず、今なお、極めて限定的な（それこそ〝国書の海外文学〟のような）読者を相手の出版活動に留まっていたことであろう。ク・リトル・リトル神話を愛する人間はこのことを忘れてはいけない。

＊

読者カードの話が出たついでに記しておくが、『真ク・リトル・リトル神話大系』の読者は男女比ほぼ同数だった。セレクションに要望や文句の多いのは男性で、女性はこの内容に満足し、『世界幻想文学大系』に伍するほど巻数が増えることを望んでいた。読者年齢は最低が十二歳。最高が七十五歳だった。また、漫画家、翻訳家、作家、俳優、デザイナーといった職業が多く見られるのも『世界幻想文学大系』や『ゴシック叢書』には見られない現象であった。

＊

さて、五巻に拡大することが決定された翌日、私は那智史郎氏に相談し、
「今度は恐怖を主眼にしたもの、怪物の出るものを中心に編もう」

と持ちかけた。さらに「最終巻（第五巻）はラヴクラフト御大の作品だけでまとめよう」とも。そうして練られたのが第三巻〜第五巻のセレクションである。

この三冊の編集作業を進めていたとき、印刷会社の営業が、私にこんなことを言った。

「ウチのオペレーターたちが『真ク』の仕事はじめてから、悪夢にうなされるって文句言ってるんです。もう少しお手柔らかにお願いしますよ」

私は「これぞホラー編集者冥利」と密かに誇りに思い、那智史郎氏に電話した。

「もっと怖い神話作品はないですか。どんどんブチ込んでいきましょう」

社長から他に怪奇な企画を、と促されて、今度はチャールズ・フォートの『呪われた者の書』を中心に『超科学シリーズ』という叢書を南山宏先生の監修で提出した。さらに江口之隆氏と相談して儀式魔術の指南書を集めた『世界魔法大全』を企画して、これも承諾された。いずれもそこそこの手応えがあったので、ロバート・ワインバーグからウィアード・テールズの全権利を買って編んだ『ウィアード・テールズ全五巻』、S・T・ヨシがラヴクラフトの手書き原稿を校訂したテキストを買って『定本ラヴクラフト全集全十巻』、アーカム・ハウスと特約を結んで作った『アーカム・ハウス叢書』、東洋大学の井上円了文庫から編んだ『新編妖怪叢書』、心霊科学の古典を網羅した『世界心霊宝典』、さらに『アレイスター・クロウリー著作集』、クロウリーの『法の書』、こうした書物を私は毎月、市場に供給し続けた。

それはまるでホラーとオカルトの祭りだった。

そして、この祭りの中心には常にラヴクラフトとク・リトル・リトルがいた。

＊

だが、祭りはいつか終わらねばならない。

私は祭りに心身ともに疲れ、時代はいつかコスミック・ホラーから伝奇バイオレンスと新宗教に移っていた。

一九八五年七月、私は「小説家になります」と社長に告げ、辞表を提出した。だが、退職してもク・リトル・リトルの触手は私を放そうとはしなかった。フリーライターの仕事にも、漫画原作者の仕事にも、翻訳家の仕事にも常にク・リトル・リトルの影がつきまとったのは皆さんが良く知る通りである。

奇しくも私が小説を生業《なりわい》とするようになった翌年の一九八七年、PC98「ラプラスの魔」が発売された。ゲームでク・リトル・リトル神話を楽しむ時代の幕開けである。ここからク・リトル・リトルは活字の世界を跨《また》ぎこし、パソコンやゲーム機というメディアに侵略を開始した。それ以後のことは、私よりも皆さんのほうが詳しいことだろう。ク・リトル・リトル神話はTRPGゲームに、テレビ・ゲームに、コミックに、アニメに、ホラー映画に、さらに様々なアプローチで小説になっていった。もはや「面白ければなんでもあり」の混沌《こんとん》状態だ。混沌といえば、先日、私はAmazon.comでナイアルラトホテップを女子高生にした「萌え系ラノベ」を見つけて流石に声をあげてしまったのだが。

＊

ラヴクラフトの故国アメリカの一般市民はク・リトル・リトル神話は「Odd」であり「Pulp」で「Cult」なものと感じているようだ。それに狂喜乱舞するのは一部のマニアに過ぎないと割り切っているようである。だから私の編纂したアンソロジー『秘神界』が英訳されたとき、「ニューヨーク・タイムズ」紙は「ゴジラ対ク・リトル・リトル」という半ば茶化した見出しで、日本人が、アメリカではマニアのものでしかないク・リトル・リトル神話を愛好する傾向を「なぜだろう」と不思議がっていた。

この記事が出る前に、

「ラヴクラフトは日本人に差別的な感情を抱いていたのを知っているのか。それでも君たち日本人はク・リトル・リトル神話を愛するのか」

と、カナダのホラー雑誌から私に質問が来た。

それに対して私はこんなふうに答えた。

「我が国では三種類ものラヴクラフト全集が出されています。そのお陰で私はラヴクラフトが日本人の色彩感覚を絶賛し、芭蕉の俳句の素晴らしさを友人に伝え、小泉八雲の作品を称えていることを知っています。また彼の妻がラヴクラフトが表向き、大嫌いだと言っていたユダヤ系ロシア人であったことも知ってますし、彼の遺産管理人のロバート・バーロウがメキシコ大学神話学教授で、その教え子にウィリアム・バロウズがいたことも知っています。つまり、我々はアメリカ人以上にラヴクラフトのことを知っていて、そのうえで彼の作品を愛し、ク・リトル・リトル神話を愛しているのです。

我々日本人は文学的天才には寛容な民族です。同時に天才という人種が、その場の勢いで、心にもないことを口走ることも良く知っています。

さて。……他に何か答えるべきことはありますか？」

（あさまつ・けん　作家）

本シリーズは、小社より刊行された『真ク・リトル・リトル神話大系』（全十巻）より、第五巻、第七巻、第八巻を除いた小説作品を編み直したものである。

新編　真ク・リトル・リトル神話大系 7

2009年 8 月20日　初版第 1 刷発行

編者　R・キャンベル
著者　T・E・D・クライン他

発行者　佐藤今朝夫
発行所　国書刊行会
〒174-0056 東京都板橋区志村1-13-15
TEL. 03-5970-7421 FAX. 03-5970-7427
http://www.kokusho.co.jp

装幀　山田英春
印刷　(株)キャップス＋(株)シナノ
製本　(合)村上製本所
ISBN978-4-336-04969-8
乱丁本、落丁本はお取りかえいたします。